はじめに言葉ありき
おわりに言葉ありき

島地勝彦

本文フォーマット・デザイン／山舘祐一
本文ＤＴＰ／ヨコカワコーポレーション

愛する読者の皆さんへ。

ここに掲げた格言ふうな数々の言葉を吟味し心に銘記して、
『愛すべきあつかましさ』をもって光り輝く人物に直《じか》当《あ》たりして、
『えこひいきされる技術』を発揮すれば、
かならずやあなたの人生にバラ色の『甘い生活』がやってくる。

はじめに言葉ありき。

聖書に「はじめに言葉ありき」とあるが、はたして人類がはじめて発した言葉はなんだったんだろうか。言語学者で思想家のＭＩＴのノーム・チョムスキー教授によれば、人類は最初獣のように「ウウーウウー」とうなっていたが、いつしか「ウウー」がたまたまうまく口が開いた調子に「マー」となった。それが「マーマ」になり、イタリアでは「マンマ」になり、朝鮮では「オンマ」になった。

わたしも生まれてはじめて発した言葉は「マーマ」だったかもしれない。いや、もしかすると「マンコ」だったかもしれない。なぜなら朝目を覚まし気がついたら、わたしは「週刊プレイボーイ」の編集長になっていたのだから。

生まれてこのかた人生七十年生きてきたが、多くの言葉に泣き、笑い、励まされ、傷つき、そして打ちのめされてきた。いってみれば人生とは煩悩《ぼんのう》との闘いである。この格言ふうな百十一本の言《こと》の葉《は》は、わたしの煩悩の雄叫《おたけ》びである。結局、人生は恐ろしい冗談の連続であるのだと悟ってから、わたしは煩悩に克《か》っても負けても大したことはないことを悟った。だんだん歳を重ねるにつれ、負けかたがうまくなってきたのかもしれない。

尊敬してやまないチャーチルがいっている。「短い言葉が最高だ。なおかつ古い言葉ならまったく申し分ない」

わたしはチャーチルの言葉をもじってあえてこういいたい。「短い言葉が最高だ。なおかつ指紋がついてない言葉ならまったく申し分ない」

言葉は不思議な力をもっている。わたしは言霊《ことだま》の存在を信じている。だが言葉は生き物であるので、時代とともにすぐ色あせる。だからこそ、熱いうちに読んでもらいたいものである。

目次

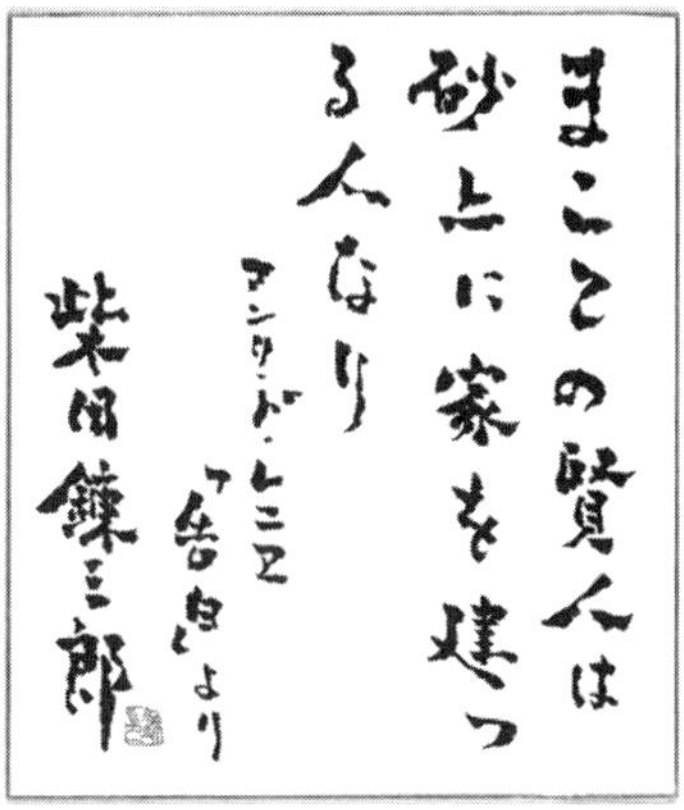
まことの賢人は砂上に家を建つる人なり
アンリ・ド・レニエ『告白』より
柴田錬三郎

本書は、三十六歳の若さで天国に飛び立って逝った一人娘の島地祥子に捧ぐ。

はじめに言葉ありき　おわりに言葉ありき

秘密は二人だけで共有できている間は妖《あや》しい宝石のように輝いているものだ。

いま日本中、国をあげて不倫《ふりん》の時代に突入しているといえる。社内不倫をはじめ、ありとあらゆるところで、男と女はまぐわっている。平和でよき時代なのだろう。不倫にも美しい不倫と見苦しい不倫がある。切なく逢瀬《おうせ》を繰り返す愛《いと》しい不倫もあれば、脂《あぶら》ぎった腹の出た中年のオッサンと、これまた脂ぎった腹のふくらんだ中年のオバサンがプロレス並みの肉弾相打つ定期試合みたいなセックスを愉《たの》しむ不倫もある。

だが、どちらも二人だけの秘密である限り、妖しく美しい匂いを立てながら燃えるアラジンのランプのように、不倫は神話の世界のなかにいられるのだ。いわゆる秘密を二人で墓場までもっていけるかどうかなのだ。これは人生においてお金では絶対に買えない高価で貴重な愛の密会なのである。

現実の不倫は、手練《てだ》れの作家が書いた不倫小説よりはるかにスリリングではるかに面白く気持ちがいい。なにせ格好がよかろうと悪かろうと、主人公は自分なのだからである。ところが知り合いや近所や世間や会社に秘密がばれた瞬間、不倫は妖しい美しさを失い、薄汚れたスキャンダラスなものになってしまう。だから美しく燃えるような不倫をするには、男も女も墓場まで秘密をもっていける地《じ》頭《あたま》がいい信念の人を相手に選ぶべきである。幸いわたしの職業はプレイボーイだった。おっとまちがえた。雑誌「週刊プレイボーイ」の編集者だった。不倫の相手はわたしの目にはいつもフルボディで見目麗《みめうるわ》しく心やさしい人を選び、ときには蟷螂《とうろう》の斧《おの》で終わったこともあったが、ときにはわたしの情熱が受理された。そしてわたしはあえて友だちや部下や先輩に紹介した。

　これをわたしは〝明るい公私混同〟と呼んでいた。それでも墓までもっていく宝石のように妖しく光る秘密はいくつかある。いまでもわたしはその素敵な共犯者たちに感謝している。

オッパイの大きい女は決してバカではない。

一時、巨乳の女は頭が悪いのだという風説が流行《はや》ったことがある。あれはちょうどハイボールを飲むとインポになるというのと一緒で、まったく根拠もヘチマもないことだ。じじついま世の中はハイボール・ブームではないか。なぜ巨乳＝ノータリン説が流行ったんだろう。胸のペッチャンコの性悪《しょうわる》のインテリ女の陰謀《いんぼう》だったのか。はたまた巨乳女にいじめられた男の復讐だったのか。

わたしの母親の胸は洗濯板みたいで、まったく乳が出なかったそうだ。だからわたしは山羊《やぎ》の乳で育てられた。昭和十六年四月七日生まれですぐ戦争がはじまり、東京で山羊の乳を探すのが大変だったと、のちに母に聞かされた。

だからなのだろうか、むかしからわたしは大きなオッパイの女に弱い。きっと母の乳が吸えなかった怨念《おんねん》がトラウマになっているのだろうか。コトが終わって、仮眠《プチ・モール》に入るとき、大きな乳を揉《も》んだり乳首をくわえながら女の胸に顔を埋めて寝ることに無上のしあわせを感じる。いままでわたしが命がけで愛し、女たちがちょっぴり愛してくれたささやかな愛の遍歴《へんれき》を思い出してみても、彼女たちはかなり巨乳だったが、決しておバカさんではなかった。むしろ寛大で利発で元気がよかった。

だいいちベッドのなかでHしているとペチャパイは、貧相にみえて陽気さにかけるようだ。巨乳の女は明るく母なる大地である。

男の視線は女の胸か尻にいく。どちらかにしろと例によってバカな都条例で決められたら、わたしは迷わず胸目線でいきたい。真っ白い谷間に一輪の百合《ゆり》が咲いているのではないかと錯覚するような美しく匂う巨乳の思い出に耽《ふけ》りながら、いまパイプをくわえて我慢している毎日毎夜なのだが――。

へこんだときこそ、飛躍する瞬間なのである。

人生は山あり谷ありである。順風満帆《じゅんぷうまんぱん》の人生なんてありえない。そういうわたしは若くして「週刊プレイボーイ」の編集長になったが、日本版「PLAYBOY」の編集長の時代、そのときの上司とソリが合わず、軽々《けいけい》に辞表を書いたことがあった。そのときの社長がわたしの才能を買ってくれて説得されて翻意《ほんい》させられた。人生は捨てる神あらば拾う神ありだ。わたしはジャンプ編集部の部長付きに降格された。だが、その部長が器量の大きな人でわたしに尋《たず》ねた。

「君は金を使う男と聞いてるが、ひと月いままでいくら使っていたんだ」

わたしは正直に答えた。

「そうですね。三百万円というところですかね」

「わかった。その分認めてあげよう。そのかわりこれから沢山の才能のある人に会ってくれ。いずれ将来役に立つだろうからね」

そんなわけで、部長は気前よくわたしに才能ある人たちに会って打ち合わせする厖大《ぼうだい》な軍資金を与えてくれた。わたしはそのときさら星《ほし》のごとく輝く教授や作家に沢山会った。発表する雑誌をもたない身でただ食事をして酒を飲んだ。それがのちの「ＢＡＲＴ」を創刊するときにどんなに役に立ったことか——。

そのなかに作家の伊集院静さんがいた。瀬戸内寂聴さんがいた。コンピュータの泰斗《たいと》、坂村健教授がいた。経済学者の中谷巌教授がいた。作曲家の三枝成彰さんがいた。潤沢《じゅんたく》な実弾があったから新しい一流の人脈がつくれたのだ。

その後わたしは部長代理から部長を飛び越えて広告部の担当取締役待遇になった。へこんでいた雌伏《しふく》のときこそ人脈を大いに拡げるときなのである。そんなときこそ元気に自由に羽ばたき成功の女神が微笑《ほほえ》む日を待つことである。

社長の最大の仕事は、その次の社長を選ぶことである。

いま日本の経済界がどんどんシュリンクしている一つの原因は、社長が引退して次の社長を選ぶとき、だれがみても適任者だという才能ある人物を選んでないからではないだろうか。

総じて、現社長は自分より優れた才能の持ち主を社長にはしないものらしい。代表権をもって会長になって存在感を示すためには、凡庸《ぼんよう》な才能の社長を選ぶに越したことはない。

だから何代も凡庸な社長が続き、会社がだんだん左前になっていく例は枚挙《まいきょ》にいとまがない。天下の大企業が時代に対応できなくなり、一部上場から姿を消すことだっていくらでもある。

社長が次の社長を選ぶことは、商法上は決められてはいない。だが、次の社長にだれが選ばれるのか。これは会社の全社員の運命がかかっているくらい重要なことなのである。

なぜなら社長はなんでもできるからである。決定権がある人間が凡夫《ぼんぷ》だったら、社員は悲劇である。これは資生堂名誉会長の福原義春さんに聞いた名言である。福原さんが資生堂の社長になったとき、当時の大和証券の千野宜時《ちのよしとき》会長に就任の挨拶にいったら、千野さんが「次の社長をだれにするか、今日から考えておきなさい」といわれたそうである。

欧米のように株主がしっかりしていると、なまくら社長が選ばれると拒否権が発動されるが、日本はそこまで成熟していない。

だからどうしても日本では、現社長が会長になって院政をしきやすいように自分のいうことに唯々諾々《いいだくだく》として従う人物を次の社長に選んでしまう傾向にある。

この方程式でいくと凡庸な社長が三人交代すると会社の規模はどんどん小さくなり、将来に暗雲が漂《ただよ》いはじめる。これがいまの日本の不況の大きな原因になってはいないだろうか。

本は速く読むとすぐ忘れてしまい、遅くゆっくり読むとなかなか忘れないものだ。

わたしがまだ「週刊プレイボーイ」の若いぺいぺいの編集者だったとき、トルーマン・カポーティの『冷血』を東京駅から鎌倉駅までの電車のなかで読破して、翻訳者の龍口直太郎さんにインタビューしたことがあった。これは『冷血』を材料に「週刊プレイボーイ」で特集を組む企画だったのだが、翻訳者の龍口さんが翌日からアメリカに出張するということでやむをえず鎌倉におじゃましての緊急取材になった。

同書は新潮社から発売されて二、三日しか経っておらず龍口先生は喜んで取材に応じてくれた。わたしは以前から龍口直太郎訳のほかの本は沢山読んでいたので会いたかった。ところが今回は電車のなかでたった一時間読んだだけでの堂々のインタビューである。

「君はどこがいちばん感動したかね」

と龍口さんはハラハラドキドキのわたしに切り込んできた。さすがの愛すべきあつかましさのシマジの背中に冷や汗が流れた。

「そうですね。あんな大それた殺人を犯した犯人二人がモーテルでたった何センチぽっちのことで取っ組み合いのケンカをするとこですかね」

「いいとこ読んでいるね。あそこでカポーティは人間の不条理を書きたかったんだろう」

「でも最後に『アディオス・アミーゴ』と声をかけ合うくらいに親しくなっているのに、カポーティの筆先はクールですよね」

「そうです。まさに冷酷な筆法です。君、いいところにきた。わたしがご馳走《ちそう》するから食事にいかないか。鎌倉にはうまいフレンチがあるんだよ」

わたしは先生に『冷血』以外のことを沢山訊《き》きたかったのだが、付け焼き刃の読書がバレる恐怖を考えて泣く泣く辞退して帰ってきたのである。後日『冷血』はちゃんと読了したのだが。

人を待たせるより、待ったほうがいい。

わたしは学生時代は遅刻魔だった。ところが社会人になってから、時間厳守の人間になった。どうしてだろう。お金をもらうようになったからなのか。じつに現金な男である。

いまではわたしは必ず約束の時刻より、十分、二十分早く約束の場所にいっている人間に変貌《へんぼう》した。開高健さんも柴田錬三郎さんも今東光さんも思い出すに時間にシビアな人たちであった。だから原稿は締め切りよりいつも早くいただいた。わたしも三文豪の顰《ひそ》みに倣《なら》って担当編集者に原稿を待たせたことは一度もない。

約束の場所に早く着いて読みかけの本でも読んでいると、必ず相手は定刻にやってきて「すみません」という。インタビューするわたしは、それで十分に優位に立つことになる。佐々木小次郎を待たせて勝った宮本武蔵がいるが、あれは例外である。

人生はあっという間に過ぎてゆく。相手を待たせてなんの得があるのか。

人と神の契約説から、欧米人は時間厳守である。あの忙《いそが》しい開高文豪はいつも素敵な笑顔をたたえながら三十分前には約束の場所にどっかと座って待っていた。

自由業の身になってから、わたしはほとんど時間に制約を受けなくなった。朝はいくらでも寝ていられるので、夜は何時まででも読書ができると考えていたのだが、働き者のわたしは朝は八時過ぎに起き、ゆで卵を一個食べて同じマンション同じフロアにある仕事場〈サロン・ド・シマジ〉にこもる。朝九時には原稿を書いている。朝は脳みそに天使が宿る時間である。今日も指の先に天使と悪魔が宿ってくれと祈りながら机の前に座っている。

いつも心のなかで三つの願いを唱えていろ。

わたしの大好きなジョークの一つにこんな「三つの願い」がある。

サハラ砂漠を行軍していた黒人の外人部隊の兵士が一人道に迷い部隊からはぐれてしまった。だんだん喉《のど》が死ぬほど乾いてきて、幻覚をみた。すると辺りに硫《い》黄《おう》の臭《にお》いがたちこめたかと思ったら、魔神が現われて黒人の兵士にいった。

「三つの願いを叶《かな》えてやる」

黒人は本当かという不思議な顔をしながらいった。

「まず水が欲しい！」

それから大声で叫《さけ》んだ。

「白くなりたい！」

そして最後にちょっと声を落としてお願いした。

「女のアソコを四六時中見たい」

「了解した」と魔神は自信たっぷりな笑みを浮かべながら消えた。

しばらくすると、黒人はなんとパリの高級ホテル、ジョルジュ・サンクのスーパー・スイートのビデになっていた。

このジョークは『水の上を歩く？　酒場でジョーク十番勝負』で開高健さんにご披露《ひろう》した。

「傑作《けっさく》です。百点満点差し上げます」

と文豪は大笑いしてくれた。

わたしの三つの願いを告白しよう。まずゴルフが巧《うま》くなりたい。黒くてもいい。タイガー・ウッズみたいにうまくなりたい。デブで短命でもいい。オノレ・ド・バルザックみたいになって面白い小説を書きたい。最後は、大富豪、アガ・カーンだ。大金持ちになりたーい。

だが実人生では三つの願いは欲張り過ぎである。命がけで一つの願いを信心すると、ときに叶えられるとわたしは確信している。

一度別れた女と再びHをしてヤケボックイに火をつけてはいけない。

どんな形の愛でも、愛は男と女にとって最高の媚薬《びやく》である。たぶん六十歳過ぎた男でも新しい燃えるような恋に落ちれば、バイアグラなんていらない。激しい恋情は肉体までも変革させるパワーを出現させる。だが、男と女の恋愛には通常悲しいかな賞味期限がある。長くて四、五年が愛の賞味期限である。緑々した木の葉が時の流れとともに枝から黄色くなって枯れ落ちるように二人は別れて他人同士になる。

しかし人生は面白いもので偶然二人は再び出逢いむかしのような気分になりラブホテルにしけ込んだ。あんなに肌がぴったり合っていた二人だったのに、リズムが合わないアイスダンスペアのように体が砂をかむ。

人生の悲劇は帰りこぬ青春である。時が流れ男の体を何人もの女が通り過ぎたように、女の肉体を何人もの男が通り過ぎていった。以前二人で育てた淫《みだ》らな愛の箱庭はとっくに踏み荒らされていた。友だちに自慢したくなるようなあの名器にはヒビがはいっていた。あの雄々しい名刀はむかしの怖いような凄《すご》みのある光はすでになかった。狂おしいほど燃えた恋情はどこに消えてしまったのか。

わたしの親友が若いとき、男三人で一人の女と関係していた。女は二十三歳、名器の持ち主だった。親友はいちばん若く二十七歳、もう一人の男は三十五歳、そして最後の男は六十五歳で金持ちだった。嫉妬《しっと》もなく三人は同じ飲み屋の常連だった。以心伝心でなんとなく三人は意気投合した仲だった。三人は彼女の名器を誇りに感じていた。ところが六十五歳の老人が突然死んだ。すると彼女の名器は普通の器になってしまった。老人は名器作りの匠《たくみ》だったのかもしれないと残された二人の男たちはつくづく思ったそうである。

悔しいときは、奥歯を噛《か》みしめて笑え。

ある年のゴルフのマスターズ・トーナメントに取材にいった親しいゴルフ・ジャーナリストが帰国して興奮しながらわたしにいった。

「歳とともにパットに苦しむようになったトム・ワトソンが、例の難しいといわれる16番パー3のグリーン上で、ピンそば二メートルにつけたバーディ・パットを打った。ボールはカップをなめて無惨にも一メートルもオーバーした。そこからの返しのパットもはいらず、また一メートル残った。可哀そうにそれもはいらなかったんだ。4パットしてしまった。そこでワトソンはどうしたか。彼は、耳たぶを真っ赤に染めつつも表情をなにも変えることなく、むしろちょっと微笑んでグリーンから静かに去っていったんだよ。おれは長いことゴルフの試合を観戦してきたが、あのときほど感動したことはなかったね。体が震《ふる》えたぜ」

煮えかえるほどの悔しさでワトソンは、きっと奥歯を噛みしめていたにちがいない。それを表に現わさず、微笑まで残して立ち去っていったワトソンに観客は感銘を受けたことだろう。バーディ・パットを沈めた以上のことが起こったのである。このワトソンの誇り高さが多くのファンをつくったのである。

わたしも社長のころ、部下が失敗して説明にきたとき、奥歯を噛みしめながら、笑顔で「それで？」とやさしく対応したものだ。怒られなかった部下は不思議に思いながらも、心が硬直しないですぐさま講じるべき善後策が閃《ひらめ》くものだ。

瞬間湯沸かし器のようにすぐ怒鳴ったり、喚《わめ》いたりすることは、下品である。人生には奥歯を噛みしめて泣きたい気持ちを我慢しなければならない場面が多々ある。平常心を装うところに幸運の女神が降りてくる。

本番の恋愛を経験するには、スポーツと同じように数々のウォーミング・アップが必要である。

恋は処女と童貞ではオママゴトである。むしろ若い男は熟女に恋の手ほどきをしてもらい、若い女は中年の紳士に教えてもらって数多く愛の現場を踐《ふ》んで、多くのウォーミング・アップを積んだほうがのちのちいい恋ができる。恋はゴルフと同じようにルールとエチケットがある。甘い恋の吐息《といき》のかけかただって技がある。ラブレターの書きかただって、ラブメールの打ちかただってテクニックが必要だ。ベッドの上の性の作法だって重要である。

たとえ不倫であろうとエチケットがある。不倫関係は男も女も絶対秘密を守るべきである。相手が人妻であったり、男が妻帯者ならなおさらである。

若いときの恋情は、荒れ狂う暴風雨に向かって静まれといっても、やまないように激しいものである。が、人間は歳を取ってくると、小春日和の公園で日向ぼっこしているみたいに、ぬくぬく暖かくやさしい肉体関係でないと長続きしなくなってくる。

恋は場数である。はじめから理想の恋人なんか決して現われない。振り振り振られ振られと恋のウォーミング・アップを繰り返しているうちに、素敵な人生の最後の恋人が登場する。いままでの数々の恋はウォーミング・アップであって、これぞ本番の恋である。

いまたまたまセカンド・バージンの最中にいる女の恋の予備軍たちよ。人生には仕事にも恋にも激しく階段を登ってきて疲れ果て、しばし踊り場に休憩したくなるときがあるものだ。

そのときこそ英気を養い、次のウォーミング・アップの恋か、本番の恋に備えるべきである。人生は決して捨てたものではない。悠々として急げである。

一つの深い恋情は、沢山の浅い情事にまさる。

生来のプレイボーイで千人斬りの男よりも、たったひとりの女を激しく愛する男のほうが男の人生において価値がある。またそういう畢生《ひっせい》の深い愛はバイアグラのごとく男を奮い立たせ、女を虜《とりこ》にする魔力がある。

結婚でも情事でも一人の女だけを愛するほうが、多穴主義より愛は切なく重く響く。本物の恋情とは一人しか愛せないことをいう。多穴主義は健全な男と女の明るい遊びの世界である。だからあのヒリヒリするような恋の感動は起こらない。女にも色情狂がいてやたらと男を取り替えるのがいるが、あれは多棒主義というべきか。

ナポレオンの妹のポーリーヌがそうだった。結婚しているのに、ナポレオンの部下の将軍や貴族や芸術家と寝た。そういう女は概して不感症が多いといわれている。

だが激しい恋に落ちるのは一種の病気に罹《かか》ったようなものである。それが不倫であろうが純愛であろうが、熱病にうかされる体験が男と女の人生に磨《みが》きをかけ、男も女もいい顔したいぶし銀のような大人にする。

シェークスピアが『ハムレット』のなかで書いているように、激しい恋は荒れ狂う暴風雨に向かって静まれというがごとくやまないものである。青春時代の恋がそれである。

男と女は恋愛の数を自慢してもなんの意味もない。ナポレオンの妹、ポーリーヌは千人の男と寝た。こういうことを千人信心といい、カザノヴァのように千人の女と寝た男を千人斬りという。

こういう体験からはどちらも優れた文学作品は生まれない。むしろ一生に一度激しい不倫をして、不倫一穴主義みたいな体験から、偉大なる恋愛文学が誕生するようだ。

こつこつ積み重ねた努力が一瞬にして崩壊するときがある。

オープンしたばかりのまだ客がこないバーは室内の空気が澄んでいて気持ちがいい。そんなバーに一人の人相の悪い男がはいってきた。じつは、この男は凶悪殺人犯で十五年の刑をつとめあげ、たったいまシャバに出てきたばかりだった。

「ウイスキーのストレートをダブルでくれ」　粗暴な口の利きかただったので、バーマンは黙ってウイスキーのダブルを差し出した。

男は一息で飲みほすと、もう一杯注文した。

十五年ぶりのウイスキーの味は、格別だった。

十五年の独房生活。それは暗い海の底にいるような毎日だった。五年目で男は一匹のアリと親しくなった。毎日遊んでいるうちにすっかり二人は親友になった。どうせこんなに仲良くなったんだからと男はアリに芸を覚えさせた。逆立ち、三段跳び、宙返り、ワルツまで利巧なアリンコは五年もしないうちに見事にマスターした。残る最後の五年間、男はアリに「ジョン」という名前を付けて、人語を教えた。ジョンは小声ながら男と会話ができるようになった。シャバにでるとき男はジョンをマッチ箱にいれた。男はマッチ箱からジョンをカウンターの上に取り出していった。

「がんばれよ、ジョン」

「まかせてくんな、ダンナ」小さな声が聞こえた

「マスター、このアリは……」と男がいったときだった、

「すみませんね。こんなところにアリがいて」とバーマンはジョンをブチュッと指でつぶしてしまった。

男は絶望のあまり号泣した。バーマンはわけがわからずおろおろした。男はカウンターを乗り越えてバーマンの首を絞めた。

知る悲しみは、知らない悲しみより贅沢《ぜいたく》な悲しみである。

極上の料理に舌鼓《したつづみ》を打つことに感動すると、もう二度とまずいレベルに落とせなくなる。これを知る悲しみという。すべての分野で知る悲しみが発生する。

上質な名著に感動した人はもう駄作本は読めなくなる。酒もそうである。甘露《かんろ》なシングルモルトのうまさを知ると、もうあとに戻れなくなってしまう。わたしの場合お洒落《しゃれ》がそうだ。ノーアイロンで抜け感で着られるイタリアのサルバトーレ・ピッコロのシャツの肌触りを知ってから、ほかのものが着られなくなってしまった。知る悲しみは金がかかる悲しみである。イタリア製のガロの下着を着けてからたいしたイチモツでもないのに、わたしはほかの下着をはけなくなってしまった。ＰＴ０１のパンツのはき心地よさを知ってから、知る悲しみはますます重症になってきた。真夏はPT01のシリーズ・アイコンのカムフラージュ（迷彩柄）のショートパンツをサスペンダーつきではき街中を闊歩《かっぽ》している。ショートパンツにはマホガニー色の日焼けした脚がよく似合う。

こんなファッションを知ることもまた大きな知る悲しみの一つである。

鞄《かばん》だってそうだ。グッチの復刻版のハーフムーンバッグを使ってから気持ちが高揚して、いまこればかり持ち歩いている。英国製のグローブ・トロッターというトランクは、わたしの旅の伴侶《はんりよ》になって久しい。この上にミニ・トロッターを乗せて旅している。

お洒落センスは磨けば磨くほど光る。そして知る悲しみはますます増大していく。しかし知る悲しみの量が多いほど成長した気がする。

人によっては無駄なことのように思えるのだろうが、当人は大事なこだわりと思っている。

それでも知る悲しみは、知らない悲しみより贅沢で上質な悲しみではないだろうか。

すべてのこの世のチンチンは良心なき正直者である。

チンチンは大変な働き者で、どこの洞窟《どうくつ》に立ち向かおうと疲れ知らずで頑張ってくれる。この良心なき正直者は青筋を立てた筋肉隆々の労働者である。頭のなかではこんな不細工な女とよく寝られるものだと思いつつ、チンチンはどんな相手でもどんなところでも一生懸命に励んでくれる。

今東光大僧正は、女は老若美醜にかかわらず、大事にせいと仰《おつしや》るのだ。「とくに美形よりブスのほうがベッドでは断然素晴らしいんや。あのとき般若面《はんにゃがお》がオカメ面になるんじゃよ。シマジ、そのとき、おまえは女と一緒に目をつぶってるんじゃないのか」とよくいわれた。

わたしはどうも大僧正の分け隔てのない女性民主主義には賛同できず、いつも専制君主でいようと思ったが、結局は良心なき正直者はさまざまな洞窟で昼も夜も頑張ってくれた。

二人のハンターが山に鹿を撃ちにいった。空がにわかにかき曇り沛然《はいぜん》たる雨が降りだした。ジョンとジャックはこれでは遭難《そうなん》してしまうとあたりを見渡したら、豪壮な山荘があった。門を叩くと老婆がでてきた。聞けば、つれあいを亡くして天涯《てんがい》孤独でここに住んでいるという。親切な老婆は二人をもてなした。ただ残念なことに老婆は酷《ひど》いブスでゴボウのように黒くやせていた。豪勢なもてなしを受け二人は翌朝下山した。それから一年経ってジャックのところに老婆の弁護士から手紙がきた。「あの一夜のあなたさまのご厚情は私の生涯の最後の喜びでした。謝意として全財産お受け取りくださいませ」

「ジョン、おまえあのババアと寝たな。しかもおれの名前をかたって。弁護士の説明によると、彼女の財産はほぼ二百億円、君とハンティングしたあの山も含めてだぞ」

コンプレックスを武器にした瞬間、人はコンプレックスから解放されて、ひとかどの人になる。

コンプレックスをもたない人間はいない。

わたしは、物心つきはじめたころからどもりだった。小学校四年生のときだった。NHKの全国作文コンクールで第一席に選ばれたのだが、当時の愛宕山《あたごやま》のNHKで自分の作文を自分で朗読しろとの知らせを受けたときには、全国放送でどもったら、どうしようと、自殺を考えたくらい悩みに悩んだ。さいわい後日、國學院大学の先生が代読することになり事なきをえた。

そのころからわたしは類語辞典を愛読して「ためらう」といおうとしてどもると、「躊躇する」といい換えたり、それがダメなときは、「逡巡する」といい換えられるようになった。子供のくせに、「とこここに至ってまだためらっている」

ということを「ことここに至ってまだ逡巡している」といい換えたものだ。

お陰で子供のときから沢山の言葉を知った。

そして成人して、みんなと同じように正常にスケベになって、女を誘ってデートしたときなどいったものだ。「ぼ、ぼくは、こ、子供のころからひどいど、どもりで、いいたいことの半分もいえない。じじつ、こ、こ、今夜もあなたを賛美する素敵なけ、け、形容詞が舌の上で音にならず死んでいるんです」と、よくこうして女の母性愛をくすぐったものだ。

もしわたしがハゲだったらどうしたろう。

わたしはカツラはかぶりたくない。カツラの人には同情するが、ある風の強い日のことだった。神保町の交差点で信号を待っていたら、カツラが突然車道を風車のように転がっていった。クルマにひかれてグジャグジャになった。

カツラを髪の毛のほとんどない男があわてて拾いあげた。わたしはみてはいけないものをみてしまった感覚に襲われた。わたしはどんなにハゲてもカツラだけはしないぞとそのとき決心した。

ときに肉体の悪魔と手を組んでみるのも悪くはない。

When an evil man makes sexual advances, I feel it's not bad to accept him.

三十代のはじめごろ、よくロサンジェルスにいった。集英社のロス支局に敬愛する奥山長春支局長が君臨《くんりん》していた。まだアメリカ文化に活気があったころだ。だからよく取材にいったのである。

そんなある夜、政府高官用の高級売春宿をビバリーヒルズの瀟洒《しょうしゃ》な住宅街のなかにみつけ、毎晩せっせと通った。そこで出会った二十一歳のエイプリールという娼婦とわたしはいい仲になり恋に落ちた。片言の英語よりも肉体的相性が通じ合った。二人は意気投合してサンタバーバラに二泊三日の小旅行にでかけた。彼女の小さな赤いスポーツカーはフェアレディZだった。彼女はＵＣＬＡで英文学を専攻しているといっていたが、本当かどうかわからない。

おしゃべりなわたしは英語では寡黙《かもく》になってしまい、目が合うとすぐボディ・ランゲージになってしまった。一日中部屋にいて五、六回は愛し合った。結果、二泊三日の計画は一泊二日に短縮され帰ってきた。さすがのプレイボーイもこれでは体がもたないと判断した。スケジュールを変更して帰ってきたので遣《や》り手ばあさんのベティが驚いて尋ねた。

「どうしたの。彼女とケンカでもしたの」

「いや身がもたなかっただけだよ」

とわたしは正直に告白した。エイプリールちゃんもみるからにくたびれはててみえた。なにせ目が合うたびにやられるのだから、たまったものではない。しかもサンタバーバラからロスまでフリーウェイを運転したのである。

その彼女の日記帳がベッドサイドに開いておいてあった。何気なしに目に入ったのがこの言葉だった。はたして彼女がどういう意味でこれを書いたのかわたしは知らない。またわたしが英語を読めるとは彼女は考えもつかなかったのだろう。

おしゃべりな奴ほど口が堅い。

わたしは子供のときからどもりながらも、おしゃべりだった。これは生まれもった性格だから、七十歳になったいまでも変わらない。まあ、人を愉しませるサービス精神に富んでいるのだろうか。

世の中には「絶対しゃべるなよ」といって秘密を告白する人がよくいるが、あれは大した秘密でもなんでもない。でもわたしは、そのとき聞いた話を他言したことは一度もない。

しかし、話を聞いていてこれは人にはいえないなという内容のときもある。それはあまりにも下品だったり、あまりにも残酷だったり、恐かったり、あまりにも秘密めいたりするからだ。

わたしは日経BPのウェブサイトで毎週『乗り移り人生相談』を連載している。

そこでは自分の若いときの体験をほとんど包み隠さず告白している。いくらかでも自分の経験が若者に役に立てばいいと思いつつ、わたしの体験を包み隠さず赤裸々《せきらら》に話している。でも恥ずかしいと感じたときには、親友の体験談に置き換えたりすることもあるのだが。

「沈黙は金《きん》なり」といわれるが、現代の情報社会ではおしゃべりこそ金である。ツイッターなぞはいい例だ。人間は絶対に一人では生きていけない。むかし山奥に仙人が棲《す》んでいたらしいが、たぶん彼は野生の動物や植物を友だちとして、会話していたにちがいない。

わたしは売文業をなりわいとしているので、いま集団のなかの会話のチャンスがまったくないが、やはり会社などの緊張した雰囲気のなかでの会話は健康上、人間は必要としているのではないだろうか。

休憩時間の無駄ばなしに花を咲かせるのは、精神的にいいのである。わたしは忙しくなると、三、四日くらいは部屋にこもり人と会話しないときがある。

だが、そのときは原稿のなかで愛しい読者と会話しているのである。

フレンチのシェフの腕前は、フォアグラのテリーヌを食べるとわかる。

生のフォアグラから血管を丁寧《ていねい》に抜き取ってテリーヌを作るのは、大変な手間暇がかかる大仕事である。しかも塩、砂糖、胡椒、酒につけ込んで優雅な味に仕上げるには、忍耐と技と上質な舌の持ち主のシェフでないと務まらない。

そういう腕利きのシェフに認められるのはこれまた客側の技である。人間の性欲は歳とともに次第に衰えていく。が、食欲はあさましく死ぬまで続くものだ。フォアグラのうまいレストランのシェフに目をかけてもらい、えこひいきされた人は会社で出世するより人生の悦楽を知っていることだろう。

まだレストランのメニューに書いてあるものを食べているうちは、グルメとしてアマチュアの域をでていない。有段者になるとメニューにない料理をだしてもらえるようになる。そうならないと一人前グルメとはいわれない。

わたしはオープン・キッチンのレストランでガラスケースに入っているその日の材料をみて、こんな料理を作ってみてくれないかと頼むことがしょっちゅうある。〈ルッカ〉という広尾のレストランでは、普通のペペロンチーノにイタリア産のベーコンとグリーン・アスパラを入れて作ってもらっている。いつの間にかそれは店の定番になり、「シマジスタイル」とメニューに載っている。また近くの深夜二時まで営業している〈アリエッタ〉では、ハモン・イベリコと太い西洋のポロ・ネギのパスタを作ってもらっている。

広尾にある〈ブラサリー・マノワ〉では、ジビエ料理を堪能《たんのう》している。なかでも熟成したスコットランド産のヤマシギや山鳩《やまばと》のローストがお薦めである。それから西麻布の〈コントワール・ミサゴ〉の野鴨と北海道のヒグマのステーキは絶品である。これはそれぞれのシェフたちのフォアグラを食べてから、わたしが彼らをナンパしたのである。

人生は、怖ろしい冗談の連続である。

どうしようもない悲しいことが、すべての人の人生に満遍《まんべん》なく必ず起きるものである。また反対に欣喜雀躍《きんきじゃくやく》したくなるほど愉しいことがときに起きることがある。そんなときこれは冗談なんだと心のどこかで思っていると、悲しいことはいくらか軽減され、嬉しいことにはそんなに有頂天にならず、冷静にいられるものだ。

わたしは六十六歳のとき、三十六歳の一人娘をガンで突然亡くした。死にゆく娘の顔を見ながら、冗談だろう？　と何度も思った。じっさい、人生には怖ろしい冗談が起きるものである。そのときわたしは、ようし、娘の分も生きてやろうと誓《ちか》った。娘が暮らしていたマンションをいま仕事場にして、こうして売文の徒として生きている。娘がもっと飲みたかったであろうシングルモルトをわたしは究《きわ》めている。娘が読み遺した小説も読んでいる。

一方、編集者のわたしは四十一歳で「週刊プレイボーイ」の編集長になった。そのときも冗談だろうと心のなかで叫んだものだ。五十一歳のとき部長代理から二階級特進で集英社の広報部の取締役待遇になった。このときも冗談だろうと心のなかで叫んだ。六十八歳から新人の物書きとなった。これも怖ろしい冗談なんだろうとよく思うのだが、締め切りという重い現実がやってくると、たまには本気にならないとやっていけないことがある。

頭の固い凡庸な社長が新人と対面した。

「君はなにができるのかね」

と社長は自分の無能さを棚にあげ居丈高《いたけだか》にいった。

「はい、ぼくは空を飛べます」

「バカも休み休みいえ」

「ああ、そうですか。それではさようなら」

と青年は窓から飛んでいってしまった。

ワインのボトルのなかには
処女と熟女が同居し、
シングルモルトには悪魔が棲みついて、
シガーには魔神が潜《ひそ》んでいる。

どんなワインにも二人の女が棲んでいる。コルクを抜くまでは処女なのだが、栓を抜かれて処女を失った瞬間、上質なワインは今度は熟女のフルボディとして登場して馥郁《ふくいく》たる香りを放つ。そしていい熟女ほど色気たっぷりに舌の上で踊ってくれる。ワインは不思議に恋の香りと味がする。男と女が飲む酒はワインに限る。スタンダールは『恋愛論』のなかで恋人同士ワインを飲み過ぎるとインポになるから気をつけろと忠告している。

その点シングルモルトは静謐《せいひつ》な酒である。独酌《どくしゃく》の酒にはこれほど豊かで味がいいものはほかにない。ワインを飲んで恋に落ち、振られたらシングルモルトで癒《いや》せばいい。

シングルモルトは悪魔の香りと味がする。でもどうしたことか、この悪魔には沢山の信奉者がついている。ワインは開けると日をおかず飲まなければならないが、シングルモルトはチビチビ四、五日かけて飲むのに最適である。

ワインは一人で一本飲むには、熟女がまつわりついて負担であるが、シングルモルトは一人で悪魔と会話しながら愉しめる。

もう一つの人生の趣向品にシガーがある。シガーのなかには魔神が潜んでいる。どうしたのかいま世間には唾棄すべき禁煙ブームがはびこっている。アラン・シリトーが名言を吐いている。

「インテリは禁煙するが、ジェントルマンは吸い続ける」

わたしはいつまでもジェントルマンでいたいので、シガーを嗜《たしな》んでいる。ワインの香りもシングルモルトの味もシガーの煙も知ってしまうことは、これもまた知る悲しみの一つである。しかしこの人類が発明した熟成文化はたまらない。

人生でいちばん愉しくて飽きないものは勉強である。

と、気がついたときは、すでに遅かった。散々バカなことをやったあとの三十代にはいってからのことだった。もっと頭が柔らかくスポンジのように吸収できるころに勉強することは、やっぱり重要なことである。

だからわたしの知識は偏《かたよ》りすぎているような気がする。もっとオールラウンドに、もっとファンダメンタルに勉強しておけばよかったと、いまにして後悔している。

なぜコルシカ島出身のろくにフランス語も流暢《りゅうちょう》ではなかったナポレオンが皇帝まで昇りつめたのか、ナポレオンの右腕であったタレーランは「ナポレオンの目が地中海のように紺碧《こんぺき》だったからだ」と告白している。ナポレオンは白馬に跨《また》がり冬のアルプス越えをやっている。いまでも勇壮な絵画がルーブルに飾ってある。

真実はナポレオンは背が低くラバに乗っておっかなびっくり越えたのである。

どうしてこんなに歴史好きなわたしが高校時代には輝ける人類の世界史に興味がもてなかったのだろうか。不思議でならない。三十代のはじめ、わたしは沢山の優れた歴史作家に出会って目が開いた。彼らは人類がおバカさんでどうしようもない生き物であること教えてくれた。だから歴史は人間にとって愛しく切ないものなのだ。断頭台に登ったマリー・アントワネットは首をちょん切られる前に、ちょっと御髪《おぐし》を直したという。ヨーロッパで肉襦袢《にくじゅばん》が大流行したのは、スコットランド女王だったメアリー・スチュアートが囚《とら》われの身となり牢獄《ろうごく》で同じ白い下着を長く着て汚れたままにしたためにあんな飴色《あめいろ》になったことに由来する。バルザックは、濃厚なコーヒーを飲みながら、三十歳から五十歳まで九十編の小説を書き続けた。

すべて歴史的ノンフィクションが教えてくれたことである。

女房の目には英雄なし。

世のなかの夫はすべて恐妻家でありマザコンである。男にとってなぜ妻がいちばん怖いのか。男のオスとしての威厳は妻の前では通じない。妻への恐怖のあまり、威厳は消え失せてしまうのではないだろうか。

妻のまえで威厳をなくした夫はどんなに外で尊敬されていようが、家庭のなかでは偉くみえてこないらしい。しかも一緒に暮らす相手だから、すべてが見透かされている。

わたしはいま売文の徒として沢山原稿を書いているが、うちの女房は一文も読んだことがない。こんな男の書くものを有り難がって読んでいる読者の気が知れないといわんばかりなのである。お陰で男と女の人生の奥義を堂々と書けるのだ。

読者もそういううちのカミさんに感謝すべきである。

天皇陛下は会ったことがないので知らないが、総理大臣だってカミさんのまえではタダの人である。社長、裁判官、検事、医者、プロレスラーだってそんなものである。

信用を失墜《しっつい》した夫はいまやGPSをもたされて、どこにいるのか監視されている。むかしはカミさんのことを「うちの山の神」と呼んでいた。だからカミさんという愛称がついたのだろう。とくにいま給料は銀行振り込みになった。ますます夫は女房の前で英雄気取りで威張っていられなくなった。亭主関白なんてことはもう絵空事である。切ないことだが、すでにベッドをともにしなくなった夫婦でも、この主従関係は死ぬまで続くのである。

一般的な話だが、夫に先だたれた妻はその後何十年も元気に生きているが、妻に死なれた夫はたいがいあとを追うように、一、二年しないうちに死んでしまう。夫にとって妻は王様なのである。だから臣従《しんじゅう》のごとく後を追うように死んでいく。

男と女の愛にはタイムラグがある。

男というヤツは、どうも女より早く愛することに醒《さ》めてしまう動物らしい。だから愛することは簡単でも、別れることは難しいのだ。

女がまだ愛する心が熱いうちに、男は別れようと急ぐから切った張ったの修羅《しゅら》場《ば》が起こるのだ。

どうして男はあの素敵な出会いの感動を忘れてしまうのだろう。どうしてあの切なかった日々を忘れてしまい女と別れようとするのだろうか。

男と女が愛し合うことは、ちょうど山登りに譬《たと》えられる。たがいにしっかり手を繋《つな》ぎながら、愛という名の聳《そび》え立つ険しい山に登っていく。しかし必ず愛の山にも頂上がある。そこで女は男の顔を見て「あなたこれからどうする？」と心のなかで訊く。そのときだ。調子に乗って、「おれ、くたびれたから別れようよ」なんていったら大変だ。女は男の心を試しているのである。男と女の間には愛のタイムラグが存在する。いずれ女も愛することに疲れて別れたいと思う。それまで男はじっと待つといい。愛の山の頂上で男は「おれは同じように手を繋いで降りるよ」と女に心でいえばいい。女と別れることは、悠々と急げである。愛する女には決して背中を見せてはいけないのだ。

はじめて彼女に会ったときに愛のウォーミング・アップが必要だったように、別れのクール・ダウンが大切なのである。恋人たちはすでに言葉を超越してテレパシーで会話している。だから好きになって寝たカップルは無言でいながら多くを会話しているのだ。

男と女は出逢って誤解して愛し合うのだが、この愛のタイムラグがあるために、なかなか理解し合って別れるのが難しいのである。この技は色事の天才カザノヴァに訊くしかない。

銀座のホームレスがアル中になったりする国は、まだ豊かな国といえるだろう。

わたしはサラリーマンのころ頻繁《ひんぱん》に銀座に通っていた。すべての文化がそうであるように、銀座は偉大なる無駄な文化の世界である。じっさい生死にかかわるのは銀座のホームレスとカラスかもしれない。しかしこれこそ日本の経済力の証《あかし》である。銀座の灯が消えたとき日本は滅亡するだろう。

わたしが若いとき通っていた銀座にはまだ品位があった。同じ店のなかに、のちにノーベル文学賞を取る川端康成がいた。本物の作家大岡昇平が悠々と飲んでいた。ある夜、柴田錬三郎先生から編集部に電話がかかってきた。あと一時間したらいけますとわたしが答えたが、じっさい銀座に着いたのは一時間半は過ぎていた。しびれを切らした剣豪作家はシマジがきたら飲ませてやってくれといい残して、雨の降る夜陰《やいん》に消えた。仕方なくわたしは一人で飲みはじめた。横に座った女がわたしより少し年上で魅力的でフルボディだった。相性もよく気が合った。わたしは今夜店が終わったら、どこかに飲みにいかないかと愛すべきあつかましさで誘ってみた。彼女はOKしてくれた。大雨のなかタクシーは六本木へ向かった。すると彼女はいった。

「よろしかったらうちにいらっしゃいませんか。こんなに雨も降っていることだし」

わたしは喜んでこの僥倖《ぎょうこう》を受け入れた。めくるめく夜を迎え、遅い朝、食事まで作ってくれた。夢心地で会社で仕事したその夜、わたしは再び彼女に会いたくなり銀座に向かった。涼しい顔して彼女は座っていた。わたしはドキドキする胸を押さえながら、昨夜の夢のような恋情に礼を述べた。また今夜チャレンジしたい顔をしていたのだろう。そのとき、彼女はピシャッといった。「ああいうことは一度限りなのよ」

強い酒はストレートで飲んではやっぱり危険である。

酒に強い男ほどシングルモルトを粋がってストレートで飲むものだ。文豪開高健は自作の名コピーよろしく「何も足さない。何も引かない」と深夜ウオッカをストレートで独りあおっていた。一応原稿用紙の前に座るのだが、ライフワークの『闇シリーズ』が書けない苦しさから毎晩泥酔して寝た。

また親しかったSM作家蘭光生もウオッカをストレートでやっていた。二人とも五十代で夭折した。光輝く才能が灰になった。昨今、開高さんと親しかった文筆業の菊谷匡祐さんが同じ食道ガンで亡くなった。菊谷さんはわたしの仕事場にある秘密のバー〈サロン・ド・シマジ〉によく遊びにきては、シングルモルトを一滴の水も加えることなく、そのままストレートで飲んでいた。

「日本人は縄文時代からこんな度数の強い五十度、六十度というモルトのカスク・ストレングスは飲んだことがないので、加水したほうがいい」とバーマンのわたしが何度忠告しても、菊谷さんには「これをストレートで飲むからアタックが鋭くうまいんだよ」といなされた。

わたしはどんなレアでオールドで、ソート・アフターなシングルモルトを飲むときでも、必ずモルトに少し加水したり、一対一のトワイス・アップで飲んでいる。また、シェーカーに氷を入れて一対一の割合でモルトと水を入れてシェークする。しかも水はスペイサイドのグレンリベットを使っている。まさにスペイサイドのモルトのマザー・ウォーターである。「これはおいしいわ」と唸ったのは、ローマからいつもやってくる塩野七生さんだ。彼女には長生きしてもらって、もっともっと上質で面白い歴史物語を書いてもらいたい。

遠くに住む才能ある人に直当たりしない限り、人間は井戸のなかの蛙で終わる。

人は人に会ってこそ人のオーラを受けて成長する。いくら厖大な蔵書を読破しても、生の人間の凄《すご》みに感動しない限り限界がある。しかし人に会うといっても会社の近くの飲み屋で同じ会社の者同士で愚痴《ぐち》をいってるようでは話にならない。

たまたまわたしは編集者という稼業につけた。編集者は天皇陛下以外はだれにでも会える。ましてや興味ある作家ならだれでも会ってくれる。

いまかけがえのない関係にあるローマ在住の塩野七生さんは、十数年前までは知らなかった。塩野さんの作品は全部読んでいたが、『ローマ人の物語』のユリウス・カエサルの巻の上下を読破したときから、いても立ってもいられず長文のラブレターを書いた。

そんなことはしょっちゅうある作家の編集者への返事は「ローマにいらしたら三十分だけお会いしましょう」と、はじめは素っ気ないものだった。

それでもわたしはローマに飛んだ。気がついたら三十分の約束が四時間をとっくに過ぎていた。

「すみません。時間がこんなに経ったのに気がつきませんでした」とわたしは塩野さんに謝った。

「いいのよ。シマジさん。あなたがつまらない人だったら三十分で引きあげましたことよ」

翌年、またローマを再訪した。今度は二日間、昼も夜も時間をさいてくれた。しかもわたしを古代ローマの遺跡に案内してくれた。

「テレヴェ川からこうして船で登ってフォロロマーノをみると格別でしょう」

塩野七生さんをガイドにローマ時代の遺跡をみるしあわせに浴したのも、手紙という紙爆弾からである。いまでは月に一度ローマに長時間電話をしないと落ち着かないわたしなのである。

あの人ではなく、やがてわたしの時代がくる。

「やがてわたしの時代がくる」は作曲家グスタフ・マーラーの有名なセリフである。これには「あの人ではなく」という前段があった。あの人とは同じ作曲家のリヒャルト・シュトラウスだった。シュトラウスは当時、時流に乗った作品を作ってマーラーより歴然たる実力を示し世間に認められていた。

「マーラーの曲は死の匂いがする」と棺にまでマーラーの『五番』のスコアを入れさせたバーンスタインがいってるように、聴き方によると陰々滅々《いんいんめつめつ》に聴こえる。マーラーは五十歳の若さでニューヨークで体調を崩《くず》しパリで客死《かくし》した。死後五十年にしてマーラーはやっと認められ、現在演奏される回数はベートーヴェンの『第五』よりもモーツァルトの『ジュピター』よりもマーラーの『五番』のアダージョがはるかに多い。まるで二回の世界大戦を予言していたかのような不安をマーラーの曲から感じとれる。

一方八十五歳まで長生きしたシュトラウスはお飾りでナチスの文化大臣になった。第二次世界大戦の末期、山小屋に隠れていたシュトラウスをイタリアから進軍していったアメリカの兵士がみつけた。

「閣下、ご無事でなによりです」と感激していった。その兵士はピッツバーグ・オーケストラの第一ヴァイオリンのコンサートマスターだった。

時代遅れの凡庸な上司の下で日夜働く諸君に告ぐ。バカな上司はやがていなくなり、そして君の輝ける時代がやってくる。暗雲はそのうち風が吹いてなくなり、気持ちのいい日本晴れがやってくることを信じていなさい。

ときにヴィスコンティ監督は『ヴェニスに死す』の主人公を作家から作曲家に変え、『五番』のアダージョを流し続けた。歴史は本物だけを遺《のこ》すようだ。

男は若いときは年上の女に恋することだ。女の場合もまた真なりである。

動物学的にみても二十代の男はただ性欲の塊《かたまり》で精神的にはガキである。二十代で素敵な姉《あね》さんの恋人をもった男は将来しあわせになれる。恋人の姉さんは息子に教えるように、女の母性愛丸出しで愛してくれ親身になって教えてくれる。とろけるような蜜《みつ》のような甘さと真綿につつまれたような暖かさで、まるで慈母のようなやさしさでなんでも心許してくれる。

ベッドのなかでも「こうすれば女は喜ぶのよ」といわんばかりに丁寧に性技を伝授してくれる。あの母親に抱かれるような暗闇の安堵《あんど》感は、若い男に自信を与え、のびのびと成長させるなにかがある。はじめは熟女の深情けであるが、いずれ自分の若さの限界を知って、しずしずと若い男の前から消えていく。切ないがそれが冷酷な人生の条理なのである。

女道をしっかりたたき込まれた春秋に富む若者は、今度は自分より若い女にその腕前を試みる。かゆいところに手が届くような愛撫《あいぶ》に若い女は夢中になり痺《しび》れる。男は一生年上の姉さんに感謝しながら、あの人はいくつになったんだろうと考える。四十歳の男のあの素敵な姉さんはもう六十歳を過ぎて年金生活をしているかもしれぬと思う。男が七十歳のとき彼女は、もう九十歳を越したのかと思い、過ぎし日の輝ける青春を孫の顔をみながら思い出す。

若い女の場合はどうだろう。二十歳離れた男にしっかり性道を仕込まれ人生の酸《す》いも甘いも教え込まれた女が、したたかに口をぬぐって結婚して良妻賢母になっている例をわたしはいくつもみてきたが、相手が妻帯者で添《そ》い遂《と》げられない運命に甘んじ、生涯その男との畢生の愛を全うした例も知っている。ハリウッドの俳優スペンサー・トレイシーと女優キャサリン・ヘップバーンがそうである。

雑誌と書籍の編集はまったくちがう。

わたしの編集人生は「週刊プレイボーイ」の創刊時の新人ではじまり、「週刊プレイボーイ」の編集長、「ＰＬＡＹＢＯＹ」編集長、「ＢＡＲＴ」創刊編集長、と男性雑誌畑を歩いてきたが、五十七歳にして集英社本体から放り出され、子会社の集英社インターナショナルの代表取締役となり、生まれてはじめて書籍をつくる出版編集部を立ち上げて、発行人になった。

雑誌でもとくに週刊誌は、安くてうまくて早い料理みたいなもので、血のしたたるカツオのブッ切りをだしとけば、読者に喜ばれる。月刊誌、隔週誌はもうちょっと料理のしかたに手が込んでいて、材料をあぶったり、フライにしたりして長持ちさせなければならないが、賞味期限は長くて一カ月である。

そこにいくと書籍は、まるで京都の漬け物みたいに最低一年は賞味期限をつけて売らなければならない。材料を吟味するのも肝心だが、その漬けかたに技がある。

雑誌は文字通り雑味が肝要《かんよう》だが、書籍はお行儀がよく重みが必要である。すべての書籍は国会図書館に国家的文化財産として永久保存されるが、雑誌はいずれゴミとして廃棄《はいき》される短命な文化的財産である。

雑誌編集は、編集長がシェフであり、その部下たちはそのシェフの味付けに従い行動するチームワークの妙が肝腎である。雑誌ははかない命だが、勢い、ハッタリ、みてくれが必要だ。

その点書籍は、一冊一人で担当するから職人技が求められる。企画から出版まで一冊誕生するには早くて一年はかかる。人気ある作家の奪い合いがはじまる。作家も編集担当者に左右される。雑誌でも書籍でも、編集とは一人ひとりの個性的な編集者の才能でもっている。

一度、肉体を許しても、女は二度目を許すとは限らない。

よく男は錯覚《さっかく》する。一度寝たらいつでもまたその女と寝られると思いこむのは早すぎる。またはじめから難しいプロセスを経てやらないと、女は男に心を開かないのだ。こいつは遊びか、本気か。遊びでもいいけど、はたしてわたしを稲妻のように走る一瞬の悦楽でもいいから愉しませてくれるのだろうか。女はあらゆる損得で考えているのである。

まず男はがっついてはいけない。悠々と構えていなければいけない。毒蛇は決して急がないというタイのことわざがある通り、慌てたり、焦《あせ》ったりおどおどしたりしてはいけない。

考えてもみたまえ。いままで二人はまったくの赤の他人だったのである。酔った勢いで寝てくれたのかもしれない。出会いがしらのはずみでラブホテルまでついてきたのかもしれない。

そしてまたこの間の夜のことを後悔しているのかもしれない。そんなときは、もう一度新しいエッチな気持ちで優しく口説かないといけないのである。

もちろん、男と女の出会いには運命的なものもある。それはそれで深くて長い日々が続き、重い物語が生じる。世界一の女たらし、カザノヴァがいっている。

「わたしは狂おしいほど女たちを愛した。だが、それよりもわたしは自由を愛する」

この言葉には人生の深い意味が隠されている。

カザノヴァは人類でいちばんモテた男である。ヴェネティア生まれの彼は女優の母と俳優の父の間に誕生した当時ヨーロッパいちばんのイケメン男だった。頭がよく大学で神学、哲学、医学、法学を修めて偉大なるペテン師としてヨーロッパを席巻《せっけん》した。

恋することはたがいに束縛《そくばく》し、そしてされる一種の病気なのである。ときには清々《すがすが》しい自由な朝を迎えたくなるのだろう。

勉強ができる頭よりも、地頭《じあたま》がいいほうが世の中にでると出世する。

学校にいるときは神童といわれた人で、世間にでるとタダの人になっていたという話はごまんとある。反対にあまり学校の成績はよくなかったが、社会にでるとめきめき頭角を現わして、自分で会社を興して社長になったりすることがよくある。

これは一体どうしてなのだろう。学生のとき学業にまったく興味がわかず脳みそが刺激を受けないで眠っていたのだろうか。それとも学校で脳みそを使わずまったくたびれていなかったので、社会人になった瞬間大活躍するのだろうか。

東大出身者でも学業で目一杯脳みそを使ってくたびれてしまいノビしろがなくなって世の中にでると役に立たない人がよくいる。

職人でも地頭がいい人は沢山いる。地頭は動物が本能的にもっている嗅覚みたいなものである。人はみんなに好かれる性格と強い天運と地頭さえあれば義務教育だけ終えていても成功する。

田中角栄はまさにその人である。地頭と無類の気配りと強運だけで総理大臣まで昇りつめた。そして早稲田大学政経学部を卒業して、東京タイムスの記者になった早坂茂三を角栄は大蔵大臣のとき秘書に迎えた。

「茂三、おれは総理大臣になるぞ」と角栄は早坂に宣言した。そして文字通り、気配りと大金と地頭を使い首相になった。だが、ワシントンからの嫌がらせでロッキード事件が起こり失墜《しっつい》した。後年、早坂が角栄に尋ねた。

「オヤジさん、わたしだけに本当のことを教えてください。あの五億円はもらったんですか」

「茂三、おまえにだけは真実をいおう。じつはな、本当に覚えてないんだ。忘れたんだよ」

地頭のいい人はそういって死んだ。

健全な肉体に不健全な精神を宿す。

健全な精神を宿すのであれば、蒲柳《ほりゅう》の質の病弱な肉体でもなんとか生きられるものである。心のなかで妖しく不気味に輝く不良の閃きを行動に移すときは、強靭な肉体が必要である。

三十代で死んだ芸術家が多いのは、かれらの激しい芸術的な閃きに、普通の肉体がついていかなかったのだ。芸術とは高貴なる不良性のことである。その通念を破るエネルギーはタダモノではない。最終的には体力勝負なのだ。

芸術とはほど遠いが、わたしが「週刊プレイボーイ」の編集長をしていたときもそうだった。

毎週、若い多くの読者を興奮させるテーマを考えないと雑誌は売れるものではない。じじつ一週間のうち二夜は徹夜をした。じっさい金曜日の夕刻、来週の編集会議が終わるとほっとすると同時に、疲労困憊《こんぱい》に陥《おちい》りさすがにその夜はどんな美人に誘われてもまっすぐ家路を急いだ。そして夜の十時過ぎにはベッドに入った。翌土曜日の早朝、毎週、河口湖の近くにある富士レイクサイドCCに自分の運転でクルマを飛ばしたものだ。そして悠々1・5ラウンドプレイして鼻歌まじりで帰ってきた。運転中も来週のエッチなテーマを考え続けたものである。

人間は心身ともに健康でいいのは生まれたばかりの赤ん坊のときだけである。それから一人ひとりが個性豊かに成長していく。三十歳にもなって心身ともに健康だったらバカで単純な人間である。憂《うれ》いや陰がまとわりつくと人間は魅力がにじみでてくる。心に妖しい不健全なことを考える力を維持するために強靭なる肉体が欲しいのである。健全なる肉体に健全なる精神が宿す、は、あれは大きなまちがいである。

すべての食べ物は
その土壌や、
その食べた物に
左右される。

ロマネコンティがそうであるようにワインの味はその育った土壌による。葉巻だってそうである。だからハバナ・シガーはハバナ以外では作れないのである。

わたしは人間が人工的に飼育した牛や豚の肉をうまいと思ったことがない。豚ならイベリコ豚だという人がいるが、一度野生のイノシシを食べると考えは一変する。イノシシのバラ肉のところをフライにあげた、いわゆる〝イノカツ〟を食べてごらんなさい。わたしは三年前三日間続けて食べたのだが、飽きなかった。そのあとトンカツは食べたことがない。というより知る悲しみを知ったわたしはもうトンカツは一生食べられない体になってしまったようだ。伊豆の茶畑に潜んで何日もお茶の葉を散々食っていたイノシシはとくにうまかった。肉の味のなかに、ほのかに茶の香りがした。可哀想にあまり茶の葉を食い散らかしたイノシシ君は猟師に撃《う》たれ、わたしの舌の上までやってきた。わたしは「南無阿弥陀仏」と唱えながら、賞味して感動した。

野鴨も十一月ごろシベリアから日本に飛んでくるが、やはりシベリアから着いたばかりの鴨には脂がのってなくてうまくない。十二月にはいって新潟の田んぼで落ちこぼれの米やドジョウを食ってくるとだんだん脂がのってうまくなる。

わたしは肉でいちばんうまいのは北海道のヒグマだと思う。とくにヒグマの白い脂身が抜群だ。松坂牛の脂身は食べられないが、ヒグマの脂身は野生のスモモや野生のクルミの香りがする。約三カ月間冬眠するためにヒグマの体につく脂身は、また凄い精力剤である。それは、七十歳のわたしが朝がた股間に激痛を覚えて目を醒ますくらい強烈なのである。ヒグマ君は男を真の男にしてくれるのだ。

ノータッチ以外のゴルフは真のゴルフではない。

「ゴルフはスコットランドで誕生してアメリカに渡って悪くなり、日本にいってさらに悪くなった」とスコットランドではいわれている。

スコットランドでは荒涼《こうりょう》たる原野そのものがゴルフコースになっている。それがアメリカに渡り美しいゴルフコースが作られるようになった。そして日本にきてさらに美しい箱庭になった。しかも日本人は芝の保護という理由から、六インチ・プレイスという妙なルールを考案してそれが横行している。アマチュアのコンペでは堂々とボールをいじりまくっている。バブルのころゴルフの聖地、セント・アンドリュースにいった多くの日本人ゴルファーがみんなでボールを触りまくった。いつものいい加減な日本人の地金がでた。これに驚き落胆したセント・アンドリュース側はやってくる日本人をくじ引きで落ちた形にしてやらせないことにした。まさに身からでたサビである。

スコットランドは天気がいいといつも十数メートルの風が吹き続ける。七月でも突然冷たい雨が降る。一日のうちに春夏秋冬が目まぐるしくやってくる。

ある日、わたしたち日本人の四人組は大雨の空を仰いでどうしようかと思案していたとき、ノーキャディで老スコットランド人の四人が当たり前の顔をしてニコニコしながら、スタートしていった。

セント・アンドリュースの18番ホールのフェアウェイのど真ん中に公道が走っている。そこにわたしの打ったボールがあった。わたしは迷わずボールをピックアップして後ろにドロップした。するとキャディが血相を変えて叫んだ。

「ノー、ノー！　セベ・バレステロスはそこからそのままで打って優勝したんだ！」

わたしはその夜恥じて輾転《てんてん》反側してなかなか寝付かれなかった。

吝嗇《りんしょく》は生まれつきの持病みたいなものである。

ケチな人間は生まれつきケチで、生涯ケチで終わる。吝嗇という病気は不治の病である。飲み屋でいざ金を払おうとすると、狸寝《たぬき》入りをしてしまう上司や、部下の飲み食いまでいちいち細かく文句をつける部長など、どこの会社にも枚挙にいとまがないほどいる。吝嗇は公金に対しても私金に対しても同じである、公私とも金銭感覚は一緒なのである。

一方、浪費家はこれまた病気である。これも不治の病である。浪費家は子供のときから浪費家なのだ。ただ単位が千円から十万円になったにすぎない。

文豪、バルザックは稀代《きたい》の浪費家だった。必要もないのに、アンティックの高価なステッキを買い、公爵夫人とデートに出かけたり、借金取りに毎日追いまわされているなか、三つの隠れ家を転々としながら、厖大な小説を書いた。その部屋には豪華な調度品が溢《あふ》れかえっていたという。

わたしもささやかな浪費家の一人だと自認している。レアなオールドのシングルモルトを見つけると、あとさきも考えず購入してしまう。お洒落な洋服を見るとそのファッショナブルなアイテムが買ってくれと叫んでいるような錯覚を覚えてしまうのだ。書店の本ぐらいならまだしも、何十万もするバッグをすぐ買ってしまう。小学五年生のときだったか、一関駅から松島、仙台と巡る修学旅行があった。決められた小遣いは五百円だった。浪費家のシマジ少年はすでに一関駅で五百円を使い果たして、担任の先生に小遣いを忘れてきたといい五百円借りた。松島のみやげ屋でアラカンファンのわたしはオモチャの白鞘《しらざや》の刀を買った。ふたたびすってんてんになってしまったので、今度は同級生の女たち五人から百円ずつ借りた。やっぱり三つ子の魂百までとはよくいったものである。

酒は飲めないより飲めたほうがいい。飲めなければ話術で人を呑《の》め。

仕事の上でも遊びの上でも酒を飲んで酔いが少しまわってくると、心のロックがはずれて無礼講になり宴《うたげ》は盛り上がる。酔ってくると相手の性格が手に取るようにわかるのも愉しい。いままで威張っていた部長が酔うと可愛い男に変貌したりする。

といっても生まれつき生理的にアルコールをまったく受け付けない人がいる。そんななかに、まるで酔っているんじゃないかと思わせるほど、酔客に合わせて座談がうまい人がいる。あれはあっぱれである。今東光大僧正がそうだった。最晩年はグラス一杯のブランデーを舐《な》めるように飲んでいたが、ほとんど下戸《げこ》であった。それでも大僧正は酒席が好きで酔ってくるまわりに合わせて宴会を盛り上げた。柴田錬三郎先生も下戸に近かった。銀座のクラブに先生が預けていたレミーマルタンを代わりにわたしが飲んだ。先生はブランデーを舐めるように飲みながらよく酔ったふりしていい女を口説いていた。その話術は天才的であった。

隣の席に座って何度も見事な口説き文句を聞いた。

「わたしはプライドの高い男なんだ。だから君と店が終わってから食事にいって、万一リビドーに点火して君と寝たくなったとき、君にノーといわれたら、深く傷がつく。だからいまのうちに知りたい。じっさいどうなんだ」

ダンディでモテるシバレン先生がこう切り出すと、たいがいの女は落城したものだ。

開高健文豪は酒豪でウワバミだった。ワインでは酔えないと独りのときはウオッカをあおっていた。大勢の編集者と飲むときはサントリーのウイスキーの水割りが多かった。そして夜も更けるころ、文豪はハイバリトンの大音声でこういって夜陰に消えた。

「諸君、今夜は少し酩酊《めいてい》した。あとはよしなに」

なによりも尊いものは友情である。

わたしが「週刊プレイボーイ」の編集長のとき、親友の石川次郎がライバル誌「平凡パンチ」の最後の編集長になった。次郎から「たぶんそうなるかもな」と告白されたとき衝撃《しょうげき》を受けた。「週刊プレイボーイ」は「平凡パンチ」より二年遅れて創刊して、相手の厚い胸を借りてまねながら背中を追っかけて部数を伸ばしてきたのである。とりわけ業界的にみてもライバル誌の存在は重要なのである。

わたしは心からエールを送りたかった。そこで考えたのが「ぐぁんばれ！ 平凡パンチ」という企画である。いままでの平凡パンチの偉業を讃《たた》え、次郎の写真を載せてしたたかに生き残れとエールを送った。わたしは内田春菊さんに可愛いイラストを描いてもらった。表紙には次郎から「平凡パンチ」のロゴを借りて使った。わたしの目論見《もくろみ》は同じ大きさで上に通常通り「週刊プレイボーイ」と入れ、下に「平凡パンチ」と逆さまに入れて発売しようとしたのだが、販売部がこれでは売上金がどちらにいってしまうかわからないというので、泣く泣く平凡な形にした。この大胆な企画のために優秀な部下を選んでマガジンハウスに乗り込ませた。発売になると世間の評判になりスポーツ紙が記事にした。なによりも尊いものは友情なのである。

次郎には沢山の借りがある。ペブルビーチのゴルフ場で1番、2番ホールとわたしがバーディを取ったら、突然ウンコがしたくなった。紙がないので次郎の怪腕を頼みにボールをふく備え付けのタオルを引きちぎってもらった。またプーケット島でもプレイ中にウンコがしたくなり、次郎にいい場所を探してもらったことがある。だからいつもスタート前に次郎がわたしにいう。

「シマちゃん、トイレは大丈夫か」

友情は洋服のサイズみたいなもので、こちらが大きくなると合わなくなり、相手が大きくなっても不具合になる。

友情ほど美しくそして残酷なものはない。たしかに人生において親友というものは存在するし大切なものである。だが、熱い友情でもいつの間にかカゲロウのように消え失せることがある。あの天才学者南方熊楠《みなかたくまぐす》は、中国の革命家孫文《そんぶん》との熱い友情が消え失せたとき「友情には季節がある」といってのけた。とはいっても男と男の友情は、一年会わなくても、十年会わなくても昨日別れたように再会できるものだ。これが男と女の場合は、一緒に二年間同棲した間柄でも再会すると、なにかギクシャクしてしまう。やっぱり男と女の間には深くて暗い川が流れているのか。

親友というのは、たがいに友情という服が伸縮自在のストレッチの生地のように伸びたり縮んだりして、いつも気持ちよくフィットできている関係なのである。だから親友という存在は人生において一人か二人しかいない。

約束を守ってやってきた「走れメロス」は有名だが、わたしは、生まれは植木職人の小倅《こせがれ》だが、整数論を世に出した大数学者ガウスと貴族出身の博物学者兼探検家のフンボルトの友情に感動する。ガウスは望遠鏡を覗《のぞ》きながらロシアに旅するフンボルトのことを思い出し、同じころロシアでフンボルトはガウスのことを思っていた。

それはたぶん青春時代か二十代までの話であるが、人生において無二の親友ができた人はしあわせだ。親友はたがいになんでも許せる仲なのだ。親友とはたがいに切磋琢磨《せっさたくま》して一緒に成長しないと生涯の親友にはなれない。川端康成と今東光の長い長い親友関係は、二人で人知れず文学を学び極めたから長続きしたのである。生涯の親友をみつけるためにはまず自分のほうから親友になることだ。

天才と凡人のちがいは、困難な道と簡単な道が右左にあるとき、天才はあえて困難な道を選び、凡人は迷わず簡単な道を選ぶ。

これは瀬戸内寂聴さんが若いとき、岡本太郎に聞いた言葉である。そんなわけで天才岡本太郎は困難ないばらの道をあえて選んだという。それに倣って作家の瀬戸内寂聴さんもいつもいばらの道を選んできたそうだ。

わたしも六十七歳で出版社の社長業を辞めたとき、ある有名な出版社の社長をしないかとお声がかかった。有り難いことであったが、わたしは売れるか売れないかは別として、あえて売文の徒の道を選んだ。でも原稿なんて日向ぼっこしながら、書けるものではない。自分をハングリー状態にしないといい原稿は書けないと覚悟を決めて、わたしは年金の全額を女房にやってしまった。

新しい人生を無からはじめようと決心した。さいわいいままで会ったことがない若い編集者がわたしを訪ねてきて、さまざまな連載をしてくれないかといってきた。これまた有り難いことである。

いま「東スポ」で『グラマラスおやじの人生智』を毎週書き、日経BPで『乗り移り人生相談』を毎週やり、「新潮45」で『ゆかいな怪物伝』を不定期連載し、「リベラルタイム」で『ロマンティックな愚か者』を取材して書き、「メンズプレシャス」には『お洒落極道』を連載中である。また「Ｐｅｎ」で『サロン・ド・シマジ』というバーチャルなバーを作り上げて連載している。日経BPの雑誌「レストラン」で『百年の店　百年の言葉』を取材しながら書いている。そのほか単発仕事が月に二、三本はいってくる。年に二本は書き下ろしを受けている。そんなわたしの浅学非才《せんがくひさい》を応援してくれている担当編集者たちが全員集まり、年に二回「シマジサミット」を開催している。夕刻から明け方まで七十歳のわたしを囲んで三十代、四十代、五十代の編集者が熱く語り合う。彼らの縦の関係はライバル同士だが、横の関係は仲睦《なかむつ》まじいのである。

毒蛇は決して急がない。

これはよく開高健文豪が口にした名言である。わたしが「週刊プレイボーイ」の編集長になったとき、編集者の心得として文豪が贈ってくれた「編集者マグナカルタ」のなかに「トラブルは歓迎しろ」と書いているが、実人生ではよく突然トラブルが起こる。そんなときおたおたしないことである。慌てて行動すると思わぬ陥穽《かんせい》が待っている。たしかに一つトラブルを巧く乗り越えられたとき、人はまちがいなく成長してる。

不思議なもので、この特集は関係各位から絶対文句をいってくるぞと待ち受けていると、まったくこないものである。その反面、まったく思いもしなかった方向から毒矢は飛んでくる。

編集会議をしていたら受付から連絡があり、右翼の有名大物が「社長をだせ！」とわめき散らしているという。わたしは会議を中断して降りていった。受付には貫禄十分な右翼の大物が和服姿で座っていた。

「わたしが編集長です。この雑誌に関してすべての責任はわたしにあります。社長がでてきても説明すらできません」

わたしはちょっと恐かったが、まず堂々と大物の目を目力を込めて凝視しながらいい放った。

「おれは泥水を飲みながらミンダナオのジャングルをかき分けかき分け、誘拐されてる石川カメラマンに会ってきて話を付けたんだ。おまえのとこの社長は毎晩ワインを飲んでステーキを食っているんだろう」

「うちの社長は神保町の一杯飲み屋しかいきません。わたしも昨夜は最終入稿で徹夜でした」思わず毎晩ワインを飲みステーキをくってるのはわたしですといいそうになった。

その後この右翼の大物とは親しくなり、一緒にワインとステーキを愉しんだものだ。その大物右翼こそ後日、朝日新聞社の社長室でピストル自殺した野村秋介さんである。

バーカウンターは人生の勉強机である。

バーマンはまるで学校の先生のようにいつも立っている。が、客は生徒よろしく座っている。だから客はちゃんと授業料として飲み代を払って帰るのである。

この前三十歳そこそこの二人の若者と話す機会があった。

「オーセンティック・バーのカウンターに座ったとき、君たちはなんてバーマンに注文するんだい」

とわたしが質問すると二人揃《そろ》ってこう答えた。

「飲みやすいウイスキーをください」

まるで小学生みたいでカワイイが、二十歳になった大人の一年生ならいざ知らず、三十路の男子たる者はもっと人生を勉強しなければなるまい。人生の先生たるバーマンは生徒たる客たちをよく観察している。決して知ったかぶりはしないことだ。ローマは一日にして成らず。十代後半からバーマンに授業料を払ってきたわたしなら三十歳になったつもりでこう切り出す。

「最近スモーキーなシングルモルトが好きになったんです。ラフロイグの10年をシングルで、それに加水したいので水もください。もしあったらグレンリビット・ウォーターをいただけませんか。いろいろ教えてください」

そしてラフロイグの一杯をゆっくり味わって飲んだあと、一言感想をいう。

「ぼくはラフロイグのこのゴボウをむいたときのようなアーシーな香りがたまらないんですよ。次はタリスカ10年をください」

そうすればこいつは将来性のあるおれの生徒になれると、バーマンに気にいられて親切にしてくれて、えこひいきしてもらえる。ゆめゆめバーマンとケンカしてはいけない。生徒のグラスのなかにフケを落とすことだってできる。だから筋のいいバーマンを師匠にもつことである。わたしの師匠は赤坂の〈カナユニ〉の武居バーマン、恵比寿の〈パナセ〉の羽崎バーマン、一関の〈アビエント〉の松本バーマンである。

ベートーヴェンは生涯海をみなかったのに、暴風雨で荒れ狂う海の曲を作った。

人間の想像力ほど凄《すご》いものはない。ベートーヴェンの『第五交響曲』を「運命」と命名したのは日本人だけらしい。あの逆巻く海の暴風雨は天才の閃《ひらめ》きであったが、ベートーヴェンは生涯海をみたことも逆巻く大波をみたこともなかった。凡人と天才の大きなちがいは想像力である。ベートーヴェンは耳が聴こえなくなっても作曲した。日本人が大好きな第九の「合唱」の初演では、みずから指揮をとった。

演奏が終わったとき、万雷の拍手に気がつかず天才はいつまでも観客に背を向けていた。マネージャーはわざわざそばにいき、体をまわしてやらねばならなかった。

人間の想像力に勝るものはない。神の存在を創造したからこそ、多くの人の心は救われたのである。ミステリー作家は決して殺人を犯してないのに、見事な人殺しの描写はできる。

天才的ノンフィクション作家ステファン・ツヴァイクは、マリー・アントワネットが断頭台に登りギロチンにかかる場面を、まるで現場にいあわせみていたかのように描写している。

「マリー・アントワネットは、そのむかしヴェルサイユの大理石の階段をのぼったときとそっくりそのままのあのかろやかで羽根がはえたような足取りを黒い踵《かかと》の高いサテンの靴につつんで、断頭台の最後の階段をのぼっていく」

バルザックもスタンダールも自分が経験した恋よりもリアルに激しい恋物語を書き下ろしている。あのスタンダールの『赤と黒』の恋物語は新聞の三面記事に載《の》っていた事件を読んだだけで、天才はジュリアン・ソレルをレナール夫人を凄まじい想像力で作り上げたのだ。しかし現実のスタンダールはあまり女にはモテなかった。

明日の美女より今日のブス。

男という動物はのべつ幕無し女のことを考えているものだ。若者にとって性のひもじさはがまんできるものではない。遠くにいる美女よりいまそこにいるブスを食べてしまうものだ。わたしがまだ若い十代のころ、童貞を捨てたわが友だちのなかには、相手がゲイボーイだったのが何人もいた。相手が男だとうすうす気がつきながら激しいリビドーに火がつくと、欲望を御《ぎょ》しかねるものなのだ。いずれ本物の女を知るためのウォーミング・アップみたいなものだ。毒々しい化粧をしたゲイボーイは面白がってわが友だちの童貞を奪っていた。

若いとき、明日美女とデートの約束があるのだが、やらせてもらえるかどうかわからない。十代二十代は毎日射精できるから相手が男でも女でもかまわないのだ。

今東光大僧正は好んでブスを選んで寝るといっていた。ブスは気がやさしい。またセックスしてる最中のイクときの顔が美女は歪《ゆが》んで般若になるが、ブスは歪んでオカメになるそうだ。そしてまた床上手《とこじょうず》が多いという。

あるとき今大僧正と銀座のクラブにいったとき、わたしは若くて可愛い子を相手にしていたが、大僧正の係のホステスはお世辞にも美しい熟女とはいえなかった。そのホステスに別なお客がきて席を外すと、大僧正はとたんに不機嫌になり、つかつかと彼女の客のテーブルにいき、「今東光です。レイコをよろしく」と名刺までだした。驚いたのは若い客である。しばらくしてレイコが戻ってきて大僧正に文句をいった。

「先生、困ります。あのかたたちは大切なわたしのお客なんです」

すると大僧正はしみじみといった。

「レイコ、わしは生まれつきのヤキモチ焼きなんや」

するとブスのレイコは幸せそうに笑った。

むかしの男は、女の性質を見抜いて封建制度を作ったにちがいない。

現代の男からみるとむかしの男は偉かった。女の凄まじい生命力をむかしの男は知っていた。女の浅はかさもちゃんと理解していた。

だから男と女の席を同じくしなかった。たしかにむかしのオヤジはいまよりこわい顔をしていた。男と女を平等にしてしまうとまちがいなく男が負けてしまうことを感知していたのだろう。なぜならどんな偉そうな男でも、所詮《しょせん》は女から生まれてきたのである。すべての男はメイド・イン・ア・ウーマンなのである。制度として格差をつけておかないとまたたく間に女の天下になってしまうと、むかしの男は予知していたのだろう。

そう考えると、どんなに男がやんちゃに暴れてみても、結局は女の手の平の上で踊っているみたいなものだ。戦後まもなく靴下と女は強くなったといわれた。遠からず女性の総理大臣が日本に登場することだろう。まちがいなく女社長が増え、まちがいなく女の防衛大臣がまた出現する。大学生も女子大生のほうが多くなっている。女は男との悦楽を知るまでは勉強熱心で、男がオナニーに耽っているうちに簡単に水を開けてしまう。現在引きこもりしているのは断然男のほうが多い。ますますふぬけな男が誕生するなか、女たちは女子会などという不思議な宴を女たちだけで愉しんでいるというではないか。

　男と女がレストランで女は奥の壁側に座り男は入り口に背を向けた形でちょこんと座っている光景をよく見かける。あれは男の騎士道に反するのではないか。もし暴漢が入ってきたとき、男は女を守れないではないか。マフィアの親分は必ず壁面に背を向けて座る。わたしはマフィアの親分をまねて壁に背中を向けていつも座っている。いやもしかすると、いまの逞《たくま》しい女たちは男の命を守るために奥に座っているのかもしれない。

結婚は出会いがしらのほうがいい。

人間の男と女もやっぱり動物で、四、五年するとメスとオスではなくなるのは、動物学上自然の法則みたいなものらしい。だから四、五年付き合った男と女が腐れ縁で結婚すると、新鮮みがなく、遠くに暗雲がたなびいてみえるような退屈な生活がはじまる。ところが恋に落ちて半年もしないうちに結婚するカップルのほうがうまくいっているケースが多い。それでも結婚は退屈で自由を縛るものには代わりがないのだが、出会い頭の結婚のほうが愛の鮮度が長続きする。

わたくしごとで恐縮であるが、わたしが集英社を受けたとき、最後の関門として総務部長に家庭訪問を受けた。じつはすでにいまの女房と半年前から同棲していた。アパートに入ってくるなり、部長がいった。

「この部屋は女の匂いがする」

わたしは正直に同棲している女の素性から、今日に至るまでの愛の物語を告白した。

「集英社に入れていただきました暁には、すぐ結婚します！」とわたしは部長にいった。

「ホントかね」

「男の約束です」

わたしは大見得を切った。当時の日本人には素敵な人がいた。わたしは一週間後に合格通知をもらった。

約束通りわたしはまだ新人研修中の四月二十九日に結婚式を挙げた。まだまだ日本人には素敵な人が多かった。集英社の専務をはじめ、自宅を訪問してきた総務部長も参席してくれた。

さすがに社長はこなかった。まだわたしが海のものとも山のものとも判断できない、大学を卒業したばかりの身で出会いがしらの結婚であった。女房はすでに社会人で大学をストレートで卒業して、旅行会社でＯＬをしていた。だが、わたしが集英社に合格するとなにを思ったのか、すぐ退職した。

地中海ではショートパンツが差別の象徴である。

ショートパンツにはマホガニー色した脚がよく似合う。白っぽい黄色の脚には短パンは似合わない。

以前わたしはサルデーニャの大富豪アリ・カーンがつくった世界有数なリゾート地、ポルト・チェルヴォ〈鹿の港〉を訪れたことがある。ここのリゾート地はケバケバしくなく上品で重厚な雰囲気が漂っていた。ヨットハーバーには豪華なクルーザーがひしめき合っていた。わたしが驚いたのは、地中海に浮かぶ並み居るクルーザーが船尾を港のほうにくっつけて、日焼けした上流階級の男たちが夕なずむ海の上でパーティを繰り広げている光景の豪華さだった。サロンやクリュッグのシャンパンがまるで爆竹のような音を立てて開けられていた。フルボディのこれまたよく日焼けした女たちが男たちにかしずいている。その男たちのはいているショートパンツとマホガニー色した脚が印象的であった。

大型クルーザーが隣接する陸地のほうの暗闇から羨望《せんぼう》の眼差しでみている群衆はジーンズが多い。きっとこのなかに未来のオナシスやサッカーのロナルドがいるのだろう。

「将来大人になったら、どんなことをしてでも、ぼくはクルーザーの人になるぞ！」と心のなかで叫んでいるにちがいない。この歴然とした冷酷な格差こそヨーロッパ人のモチベーションになっているのである。表向き民主主義できれいにメッキしながら、実人生には大きな差別が存在している。マホガニー色した脚にお洒落なショートパンツをはいているのは、富の象徴なのである。

じじつヨーロッパの大富豪たちは汗水流して働いたことがない。労働でかく汗が美しいなんていってるのは貧乏人の戯《ざ》れ言《ごと》である。

面白本は本屋のなかで多くの本に埋もれながら、読んでくれと悲鳴をあげている。

だからわたしは同じ馴染《なじ》みの本屋にいく。神保町で働いていたころは、三省堂が馴染みだった。ここで四十二年間、よく本を買った。若いとき、エドワード・ギボンの『ローマ帝国衰亡史』もツヴァイクの『人類の星の時間』も塩野七生の『ローマ人の物語』もここの歴史書売り場で手に入れた。

本は玉石混淆《こんこう》に置かれてある。自分にとって死ぬまで読まなくてもいい本が山と積まれているが、そのなかに「読んでくれ！」と絶叫している本をみつけたときの感動が本屋にはある。本との出会いは人間の出会いの次に大事なことだ。じっさい本は文字という記号の羅列でしかないのだが、いったん目から記号が入ると、脳みそのなかの高画質の３Ｄテレビに映像が映し出され、物語がはじまるのである。こんな簡便で人を愉しませるものはほかにない。

だが、決してベストセラーが面白本とはいえない。わたしはむかしから売れている本には興味がない。長いことたった一冊棚晒《たなざら》しになっていて、「読んでください」と叫んでいる本をみつける快感が愉しいのだ。平積みされて売れてる本は別にわたしが読むことはないと思ってしまうへそ曲がりなのである。

初版五千部の本が、口コミで広がり五万部売れるのは、いまの時代奇跡に近い。どうしてみんな本を読まなくなってしまったんだろう。字は携帯メールの字で満足しているのか。メールには文字が持つパワーがない。本の文字は人に魔法をかけて別世界に連れてってくれる。人生は名著との出会いでより深まる。書籍は一日二百五十冊新刊が出るという。はたして続々出版される本のなかで、何冊が時代の波に押し流されず、今世紀の面白本として残るのであろうか。これから百年後、その本ははたして読まれているだろうか。

真似ることは恥ずかしいことではない。すべてのことは微笑ましく模写することからはじまる。

素晴らしいことは真似ることに限る。わたしは十六歳のときからオヤジの真似をしてショートホープを吸っていた。そして二十五歳で柴田錬三郎先生に会って、文豪の真似をしてラークに替えた。二十七歳のころ、文豪に倣ってパイプと葉巻の味を知った。そのときからシガレットは吸っていない。これはタバコの知る悲しみで、うまい紫煙を知ってしまうと、もうあとには戻れないのである。嗜好品《しこう》だってこのようにはじめ真似からはじまる。ショートホープからはじまったわたしのタバコ遍歴は、いまでは毎日ハバナ・シガーのショートチャーチルをふかしている。

雑誌だってそうだ。売れている雑誌の真似があとを断たない。「週刊プレイボーイ」は最初「平凡パンチ」の真似であった。真似てうしろから追っかけているうちに相手がくたびれあきれて、競争から脱落してしまった。そして時代が変わり、ライバルをなくした「週刊プレイボーイ」は悲しいかな、元気をなくし凋《ちょう》落《らく》の一途をたどっていくのである。

ぐぁんばれ「週刊プレイボーイ」！

画家だってそうだ。最終的に日本人をやめてしまった天才レオナルド・フジタは修業時代日本画を模写して学び、パリの遊学時代ルーブルで巨匠たちの作品を模写した。

そうなのである。天才たちは自分もこうなりたいと思う素材を求めて模写するのだ。炎の人ゴッホは日本の浮世絵に触発されて真似た。すべて真似ることはウォーミング・アップなのである。それは傑作を生み出す本番のための助走みたいなものだ。わが国のお家芸自動車の世界もアメ車を真似することからはじまった。すべてのオリジナリティは真似から誕生する。

プレイボーイには巨根がいない。

男の巨根願望は根強い。

わたしが若いときサンフランシスコのエロス・ライブ・ショーでみた男のチンチンの大きさは、尋常ではなかった。相手役の女はすでに舞台に登場してストリップ・ショーをやり、巨根の男を待っていた。そこへレゲエのリズムに乗ってジャマイカの黒人が現われた。背はわたしくらいしかなく百七十センチ前後だったろう。男もストリップ・ショーの真似事をしてすぐ裸になった。よくみると男の右股にベルトでとめている。なんと男のチンチンは右膝のところまで伸びているではないか。

たしかに蛇のように細長いのだが、黒光りしている。男はまるでコードにつながっているソケットをいじるようにして、亀頭を女の口元に持っていった。そしてフェラチオさせながら、男は客席のほうを向いている。

わたしはかぶりつきでみていたのでわかったことだが、勃起《ぼっき》しても堅くなる部分はコードの先の二十センチくらいのところだけで、コードの部分は相変わらず蛇状態だった。だからそのあとも男はずっと客席をみながら、笑顔を絶やさずコードの先のソケットを女のプッシーにいれたりだしたりしている。女にいわせるとあまり大きいのはただ痛くて気持ちよくないそうである。

数十年前のエロスの女神愛染恭子がいっていた。

「ステーキだって大きいのをほおばるとよく味がわからなくなるのと一緒ですわ。わたしは美味しいミニッツ・ステーキのほうが大好きです」

これぞ短小の男を救う名言だと思い、「週刊プレイボーイ」でタイトルにして特集を組んだことがある。愛染女神にいわせると大切なのは堅さであるという。じっさい巨根を勃起させるには、それだけの血液が必要なのである。巨根でも木《で》偶《く》の坊《ぼう》ではダメなのだ。だから短小のほうがすぐ勃起し効率がいいらしい。小さなナイフだって女はいつでも殺せるのだ。泣くな短小男たち。

ダンディズムとはやせ我慢である。

ニッポンにもむかし「武士は喰わねど高楊枝《たかようじ》」という言葉があった。あれこそダンディズムである。無理しても相手に格好つける。それが自然にできるようになるには修行が必要なのだ。

この美学はもともとボー・ブランメルという貴族でもない男が考えたものである。父親が貴族出身でもないのに、名門イートン校、オックスフォード大学に学び、後の英国王ジョージ四世と親しくなった。皇太子にお洒落の手ほどきをしたほどだ。ブランメルは今日のネクタイを考案した洒落者でもある。

毎日ブランメルがどんなお洒落をして街にでるか、当時の「ザ・タイムズ」が記事にしたくらいだった。

ところがギャンブル好きのブランメルは、ついに破産してロンドンを脱走し、ドーヴァー海峡の向こうにあるフランスのカーン市に住みついた。その落魄《らくはく》ぶりはヴァージニア・ウルフが小説風に綴《つづ》っている。一度はケンカ別れをしていたのだが、あまりの零落《れいらく》ぶりを見かねたジョージ四世がブランメルに援助の手を差し伸べて、カーン市の領事に任命しようとしたのだが、「カーン市の領事などは存在そのものが不要である」と彼は決して受け入れなかった。若いころ、軽蔑しながらお洒落を教えた国王ジョージ四世の庇護を死んでも受けたくなかったのである。そのやせ我慢の精神こそ、ダンディズムの真髄なのである。

はじめのうちは英国の金持ちの知り合いたちから送金があったが、それもだんだんなくなり、借金で首が回らなくなり、いろんなことがあって刑務所に入った。晩年は老人ホームに入ったが、当時のフランスの新進気鋭の作家バルザックやスタンダールにボー・ブランメルの美学はもてはやされる。もちろん彼は一生独身を貫いた。

人生で大切なことは、一に健康、二に話し相手、三に身の丈《たけ》の金である。

何百億円手にしても病気がちだったら、なんの意味もない。まず体が健康でなければ、折角の人生を愉しむことはできない。

わたしの場合の健康とはなにか。シングルモルトを飲んだときうまいと感じること。葉巻を吸ったときしあわせを感じること。ゴルフの前夜、寝ようと思ったとき、スイッチを押したように快眠にはいれること。一度大腸ガンを患って十五センチ切り落とした大腸ではあるが、写真を撮りたくなるような見事なウンコをすること。そしてヒグマのステーキをおいしく食べて、翌朝、下半身に心地よい痛みを感じて目が覚めることだ。

人間は一人では生きていけない。話し相手が必要だ。それも相性のいい話し相手がベストである。わたしくらいの歳になると、男でも女でも関係なくなる。現在、いちばん年上の素敵な話し相手は、九十歳の瀬戸内寂聴さんだ。先日もお見舞いがてら京都にいって寂庵《じゃくあん》におじゃまして、四時間もおしゃべりしてきた。寂聴さんには神々《こうごう》しい色気がある。それからわたしより二つ、三つ年上の塩野七生さんだ。帰国したときは、必ずわたしが仕事場につくったプライベート・バー、〈サロン・ド・シマジ〉にやってきて、夜遅くまで話し込む。アルマーニに身を包んだ七生さんは話柄《わへい》もお洒落である。だから毎月ローマに長電話をしたくなる。年下の素敵な話し相手としては新潮社の編集者中瀬ゆかりちゃんは格別だ。ゆかりちゃんのレスポンスが最高だ。よく笑いよく飲む。

金は天下のまわりものである。自慢じゃないがわたしにはいまだに貯金がない。簡単な話である。出ていく分がはいればいいことだ。わたしの体を通過した金はわたしになにかを遺してくれた。それがわたしの身の丈の金なのである。

朝起《あさだ》ちしない男には金貸すな。

「朝起ちやションベンまでの命かな」といわれるけど、何歳になっても男は朝起ちして目が覚めると気持ちがいいものである。七十歳のわたしもたまに朝起ちを覚える。とくに北海道の深山に棲むヒグマのステーキを食べた翌朝は痛いという感触で目を醒ます。ヒグマのステーキはじつにうまい。この世の肉のなかでこれに優る大牢《たいろう》の滋味《じみ》はわたしは知らない。山のなかで野生のクルミやスモモを食べているので白い脂身が絶品である。

わたしの若い担当編集者などはこれを食って、いったん別れた女に無理をいい今度は結婚を条件にやらせてもらった。結果できちゃった結婚と相成った。さぞヒグマのような頑強な子が生まれたにちがいない。もう一人の担当者は独身なので一週間ぶっ続けでオナニーしまくった。勿体ないことだ。こんな自家発電は東京電力でも買ってくれない。もうひとつ、東銀座のエアプレス（過圧酸素器）にはいった翌朝は元気に起つようだ。

男たる者は雄々しく朝起ちするようでなければ、生きてる資格がない。

オナシスとジャクリーンが世界一周旅行でインドへ立ち寄った折のこと。コルカタの街角で二人は笛吹きが笛を吹くと一本のヒモがスルスルと空中に立つのをみて、おお、これこそ東洋の神秘と仰天《ぎょうてん》した。いやがる笛吹きに大枚を払って笛を買った二人はベッドに急ぎ笛を吹いたが、瑞兆《ずいちょう》のかけらもなくオナシスのグニャチンはピクリともしなかった。

「チクショウ、あの笛吹きにだまされたか」

ところが翌朝、オナシスのあの部分がこんもり盛り上がってテントを張っているではないか。ジャクリーンは歓喜して「ダーリン、ダーリン！」と亭主を揺《ゆ》り起こし毛布をはいでみたら、オナシスのパンツのヒモが立派に直立していた。

人生の悲劇は記憶の重荷である。

これはわたしが高校時代耽読《たんどく》したサマセット・モームがゲーテの生涯を綴りながら最後に書き記した言葉である。

才気煥発《かんぱつ》なドイツの若き詩人、ゲーテは二十代のときイタリアのシチリア島にあるタオルミナの大富豪の別荘にそのころの恋人と一緒に招待された。当時の旅は徒歩である。アルプス越えしたゲーテと恋人はシチリアに向かった。溢れでる才能にものをいわせ天才詩人は別荘の壁にさらさらと詩を書いた。それから七十代で別な若い恋人を連れてゲーテはタオルミナの同じ別荘に再訪した。もちろん持ち主の貴族は父親から息子に代が替わっていた。五十年前に自分が書いた詩を読んだゲーテはハラハラと落涙した。それが有名なゲーテの詩「峰々《みねみね》に憩《いこ》いあり

――」である。

そしてモームは「人生の悲劇は記憶の重荷である」と書いている。

だからわたしは嫌な記憶をどうしたら抹殺《まっさつ》できるかと考えたことがある。それは「週刊プレイボーイ」の編集長のころ、いい記憶もあったが悪い記憶も沢山あった。たとえば特集記事にヤクザから怒鳴られたり、雑誌が売れないときの苦悩だったり、いくらでもあった。そんなとき受験勉強で暗記するように、エネルギーを使って忘れようと決断するのである。嫌なことを紙に書いて、よしこれを忘却《ぼうきゃく》しようと決心する。すると記憶の遠い底に嫌な記憶が仕舞い込まれストレスがなくなっていく。しかしそのとき大事な事柄も一緒に忘れてしまうことがときどきあった。じっさい記憶の重荷に耐えられるようになるには、流れゆく時間の集積が必要だ。わたしたちの現実は凄い勢いで過去へと移っていく。過ぎ去りし時間が記憶の重荷を闇のなかへと運ぶ。

女の臭いがしないと、男は女にモテないものである。

まるで鮎《あゆ》の友釣りのように、女が関心興味をもつ男はいまつき合っている女がいて、女の臭いをプンプン振りまいている雰囲気が必要なのである。なんでこの男は女にモテるんだろう、と女自身が本能的に興味を持つらしい。男女の恋のはじまりは好奇心からである。まあ、男も女も他人の持ち物を奪いたがる生き物らしい。

同じ一生、モテないよりモテたほうが愉しいに決まっている。また異性にモテるためにには、なにかに特化していなければいけない。たとえばスポーツが万能であるとか、顔がいいとか、頭がいいとか、面白いヤツだとか、気前がいいとかである。異性の臭いと特化が大切だ。

ある後輩が女の臭いをつけようと、ソープランド通いをした。これはダメだった。女の臭いではなく石鹸の匂いしかしなかったのだろう。畢竟《ひっきょう》、女の臭いがする男には、女で苦労しているから滲《にじ》み出てくる成分があるようだ。ヤキモチ焼きの女に苦汁《くじゅう》を飲まされたり、色情狂の女に出会い、男のほうがヤキモチ焼きになったり、人生はさまざまである。男と女の愛のフォーマットは千差万別である。どれがいいとは定められないからこそ、学問として大学に「恋愛学」は存在しないのである。

学問というものは定数で同じ答えがでていつも不変でなければならない。恋愛は人によって、また相手によっていろいろ姿形が変わるので学問としてなりたたない。

もし将来人間様がもうちょっとお利口さんになり、恋愛学が東大にできたら、わたしは是非入学したい。

「東大でなにを専攻ですか」

「恋愛学です」

なんかモテそうな気がしてくるではないか。

永遠の恋は、報われぬ恋である。

青春時代の恋は手が付けられない熱病である。その恋は荒れ狂う暴風雨みたいに激しい。わたしの連載人生相談、日経BPネットの『乗り移り人生相談』に、ある大学生から切々たる相談がきた。

それは同じ大学に見そめた女がいて、人知れず心のなかで激しく恋に落ちたのだが、その彼女と男子学生が学食でいちゃいちゃしてるのを目撃してしまった。一度彼は彼女に告白したのだが、軽くいなされたそのあとだったので、ショックはさらに大きく二週間寝込んだという。なんと純粋で素晴らしい大学生ではないか。いまどき珍しい若者だ。と、わたしは彼を絶賛して、長い人生において一人くらい報われぬ恋人を心のなかに飼っておくことは素晴らしいことではないかと回答した。

わたしも高校時代、激しい初恋を体験した。

そのころ東京にきたゴッホ展をみにわざわざ親戚の家に上京した。ゴッホ展もみたかったが彼女にあえて遠くからラブレターを書きたかったのが最大の目的だった。狂ったゴッホのように恋の熱病にうかされながら、わたしはコクヨの百枚の便せんを全部使って長文のラブレターを書いた。その返事はたった三行の手紙だった。でも、いまでも彼女はわたしの心のなかで〝愛の女神〟になっている。こんな下品なことをしたら、わが〝愛の女神〟に怒られるかなと自分を戒《いまし》めている。ふるさとも初恋の人も遠きにありて思うものである。

人生は不思議なものである。ある日、夕なずむ新宿駅前で「シマジ先生ですか」とくだんの相談者の学生から声をかけられた。背が高くなかなかのイケメンではないか。まさに盲亀《もうき》の浮木《ふぼく》とはこのことである。

猫ほど可愛い動物はほかにいない。

わたしは無類の猫好きである。あんなセクシーな姿形の動物はこの世にいない。少年のころ飼った猫は、わたしが毎晩寝るとき一緒にずっと同衾《どうきん》していた。一関の実家を離れ東京に暮らすようになって、猫の体温が恋しくて何度も夢をみた。そのオス猫のチャコが老衰《ろうすい》で死んだと母から知らせを受けた。わたしは人知れず号泣した。

チャコは人語を確実に理解していた。チャコは飼い主のわたしに似て街のなかで親分として二十二年間君臨して近所にハーレムをつくり、チャコと同じ二毛猫が氾濫し闊歩していた。いやわたしがチャコに影響されたのだろう。朝目を覚したら、「週刊プレイボーイ」の編集者になっていた。その後わたしはほかの猫を飼ったことがない。女に関しては多穴主義なのはチャコに教わった。だがわたしは猫に関しては一匹主義である。あいつと暮らした愉しい思い出を大切にしてチャコに貞操を捧げている。

〈サロン・ド・シマジ〉には大英博物館で買ってきたエジプトの古代の青銅猫の置物を飾っている。まあ置物ならチャコも許してくれるだろう。

わたしの集英社時代の同僚だった花見萬太郎君も超の字がつく猫好きである。その萬太郎君が、愛猫が膀胱炎《ぼうこうえん》を患い病院通いの近況報告と一緒に短歌を送ってきた。

〈老いて病み　なお美女なりし黒猫の　声しわがれて冬空高く〉
〈老猫のいびき潑剌《はつらつ》なりしじま夜　子猫のころの夢に遊ぶや〉
〈くりかえし顔つき合わす寒トイレ　頻尿《ひんにょう》かこつ老猫老爺〉

今年の七月十八日で二十歳を迎える老猫とわが六十八歳の老友の切ない短歌である。

嫉妬はするより、される人間のほうがいい。

女のヤキモチは可愛いものである。本気で抱きしめてエッチすれば、たいがい、その炎は収まり消えるものだ。その点、男同士の嫉妬は始末に負えない。第一、下品極まりない。男としてあるまじき行為である。近ごろでは男性化した女たちが増えてきて、その彼女たちの嫉妬は相当タチが悪いと聞く。わたしは嫉妬するほどの才能がある相手に出会ったとき、先輩でも同僚でも後輩でもその相手を尊敬して大好きになり教えを乞うてきた。わが鍾愛してやまない今東光大僧正がよくいっていた。

「育ちの悪いヤツほど、ヤキモチを焼くもんや。あれは一種の劣等感の現われやな。まあ、人間に生を受けたら、ヤキモチ焼くより焼かれる人間になったほうが断然ええもんや」

女の嫉妬は可愛いが女を嫉妬する男はこれまた惨《みじ》めなものだ。多分、むかしの日本人の男の処女崇拝などは、御しがたい嫉妬から生まれたのではないだろうか。いま結婚するのに処女を探していたら、生涯結婚できないだろう。

ダンディズムというお洒落哲学を繙《ひもと》くと、嫉妬なぞ微塵《みじん》も存在しない。高邁《こうまい》なエスプリと高尚なユーモアを身につけているダンディーな紳士が、ヤキモチを焼いたらおかしいし、ダンディー失格である。嫉妬はよく成長の起爆剤だといわれているが、それは矮小《わいしょう》な考えである。むしろ、狭い器量の人物を作ってしまうようだ。

明智光秀は織田信長が自分より秀吉を可愛がったために嫉妬して本能寺に攻め込んだ。本能寺は焼け落ちたが、信長の死体はみつからなかった。この浅はかな嫉妬心で日本史は大きく動いた。信長がもう少し生きていたら、もっとグローバルな日本になっていたかもしれない。信長はイタリアのマキアヴェッリの説く君主論にいちばん近いリーダーの素質があった。

一度覚えたことはいつか必ず思い出すが、はじめから知らないことはいくら考えても思い出せない。

ど忘れは若くても、歳を取ってもよくあることだ。とくに人の名前はなかなか出てこない。顔も体型も声も思い出せるのに、名前が思い出せないもどかしさはしゃくに障る。

わたしと同年の会社の会長がよく知っている部下にエレベーターで声をかけた。

「ヨネダ君、今夜は時間があるかい」

「はい。小さな仕事がありますが会長のほうを優先します」

「今夜の宴会が相手の風邪で流れたから、ヨネダ君と久しぶりに一杯やろうか」

「はい、嬉《うれ》しいです」

「じゃあ、六時にわたしの部屋にきたまえ」

心やさしい会長はヨネダ君と運転手付きの車でレストランにいった。

だが、会長は突然名前ど忘れ症候群に襲われて「ヨネダ」がでてこない。「君はなにが好きかね」とどうしても「ヨネダ君」が思いだせず仕方なくその夜は「君」「君」で通した。

「そういえば君のところの部長はだれだったかな」

「館《たて》ですが――」

「そうだった。館部長だったね」

翌日、会長は秘書に昨日夕方一緒に飲みにいったのはだれだったと訊《き》いてやっと「ヨネダ君」を思いだした。

こんなことは日常茶飯事の政治家だとこうなる。

「君の名前はなんだっけ」

「ヨネダですが」

「ヨネダは知ってるよ。下の名前だよ」

「サトシです」

「そうそう、ヨネダ・サトシ君だったね。元気にやってるかね」

女房と一緒にゴルフをやる亭主はゴルフ誕生の哲学を知らない。

よくゴルフ場をケンカしながらプレイしてる夫婦をみかける。

「おい下手くそ。ゴルフはな、ボールを打つもんで、地面なんか打つもんじゃない！」と夫が怒鳴り散らす。

「なにいってるのよ、あなた、地球だって大きなボールじゃないの」と妻は切り返す。

ある中年の夫婦がリゾートゴルフ場をカートに乗ってプレイしていた。妻の打ったボールは力なくフェアウェイのど真ん中を捉《とら》えたが、夫のボールは大きくスライスして林のなかへ消えた。

「あなた、自分で探してらっしゃい。わたしのボールはフェアウェイにありますから、ここでタバコを一服して待ってるわ」

「ううう——」と夫はうめきながら、林のなかへはいっていった。夫が林のなかで最初にみつけたものは妖しい色をした一本のビンだった。なにげなくそのビンを拾いあげると、突然なかから妖精が現われた。

「こいつはたまげた！」と夫が叫んだ。「ということは、おれの三つの願いを叶えてくれるということかね」

「もちろんよ。でも気をつけてね。あなたの願いが叶えられると、あなたの奥さまはその十倍のものが得られるのよ。いいこと」

「おれをこのクラブのチャンピオンにしてくれ」

「叶えたわよ。でも奥さまはその十倍の腕前になったわ」

「いいよ、いいよ。おれに一億円くれ」

「叶えたわよ。でも奥さまは十億円のお金持ちになったわよ」

「それでいいんだ。それではここでおれに軽い心臓発作を起こしてくれないか」

スコットランドのゴルフの発祥の哲学は女房と離れることなのだ。

ときに大衆は愚者になり、ときにまた賢者になる。

マリー・アントワネットが断頭台の上でギロチンで首をはねられる瞬間をみた大衆は、三十年前、オーストリアのハプスブルク家からルイ十六世の王妃として迎え入れて盛大な結婚式をあげたとき、歓声を上げた同じ大衆だったのである。はたして大衆は、どちらが愚者でどちらが賢者だったのか——。

一方、ウィンストン・チャーチルはヒットラーを向こうにまわしてアメリカを担ぎだして辛くも第二次世界大戦に勝った。戦勝国の重要な会談がドイツのポツダムで行なわれた。昨日までそこに座っていた英雄チャーチルの勇みな姿はそこにはなかった。チャーチル率いる保守党はその日選挙で大敗したのである。乱世《らんせ》の英雄としてチャーチルを認め平時のリーダーとして大衆は賢者になって拒絶したのか。

戦時のときあんなに名スピーチをして国民を鼓舞《こぶ》させた英雄を同じ大衆が裁いたのである。英国民は民度が高いのかそれとも人情がないのか。日本の国民も凄い。いままで鬼畜《きちく》米英と叫んでいた大衆は一夜にしてアメリカ一辺倒になってしまい、憲法まで作ってもらい、民主主義の考えと機構まであつらえてもらった。その憲法をいまでもありがたく守っているのだ。これははたして愚者か賢者か――。

当時、ドイツではヒットラーが大衆に熱狂的に歓迎された。炎のようなスピーチをしてドイツ国民を奮い立たせたヒットラーは面白いことに、ひとつの格言も残していない。チャーチルが一冊本が書けるくらいの格言好きであったのと対照的である。確信をもっていえることはそのときの大衆がそのときの国のリーダーを選んでいることだけはまちがいない。その国のリーダーをみるとその国の大衆の民度がよくわかる。

今日の異端《いたん》は明日の正統。

人類のほとんどの新しいことは異端からはじまっている。ガリレオは地球が太陽の周りをまわっているというコペルニクスの地動説を実証したら、宗教裁判にかけられ地動説の放棄を命じられた。そのとき、ガリレオは静かにいった。

「それでも地球はまわっている」

「われ思う、故にわれあり」といったデカルトも異端の学者として生前扱われた。デカルトの哲学はまもなく神と科学のぶつかり合いまで発展した。ヨーロッパの中世は宗教戦争で明け暮れていた。そこに救世主のごとく現われたのがデカルトである。

物事を客観的にみるということは、いまは極めて当たり前の考察だが、すべてがキリスト教一色だった十七世紀のヨーロッパでは革新的だった。

　客観的に事実をみることとは、すべてを疑ってみることであり、神の存在をも危うくするものであった。時代を画したデカルトの哲学書『方法序説』は、当然発禁となりライデン大学はデカルトの哲学を禁じて、従来のアリストテレスの哲学以外は教えてはならないと決めた。しかし異端の学者デカルトが存在しなかったら流血のフランス革命は起こらなかった。時代を経るとともにデカルトの哲学は正統に評価されてきたのだが、皮肉にもデカルトの頭蓋骨はどこにいったのか、行方不明になってしまった。フランス人のデカルトはスウェーデンで客死した。いったんストックホルムの教会の墓地に埋葬され、デカルトの熱狂的なファンの情熱によってパリの教会に再び埋葬し直されたのだが、頭蓋骨の部分が紛失していたのだ。

　出版界でも異端を大切にしないとマンネリ化がはじまり退屈な正統ばかりになって滅んでいくだろう。

ハンダチの魔羅《まら》は、文化の象徴である。

葉巻はカチンカチンに勃起した状態だと、まずくて吸えたものではない。ヒュミドールにちゃんと保管して、湿度を保たせていないとシガーは死ぬのである。同じようにワインのコルクもカチンカチンな状態は、保管が悪い証拠である。

だから、張り替えたばかりの障子の紙を突き破り抜くような若者のカチンカチンのチンチンは、決して文化的ではないのだ。老来《ろうらい》のハンダチの魔羅こそ文化的なチンチンだといえる。

いまわたしは、ハンダチのシガーを一日三、四本吸っている。ウィンストン・チャーチルは、一週間に百本吸って九十歳まで元気に生きた。いまどこもかしこも世界中、禁煙状態だ。

作家のアラン・シリトーが名言をはいている。

「インテリは禁煙するが、ジェントルマンは吸い続ける」

わたしはインテリよりもジェントルマンでいたいと思い、吸い続けている。

ハンダチのシガーのうまさは、格別で至福のときである。紅茶とシングルモルトと葉巻と面白い本さえあれば、わたしの人生は豊かになる。この四つは、発酵の賜物である。この発明こそ人類の大発明である。

まあハンダチの魔羅が最高だなんて力説するのは、老人のひがみだと思われるだろうが、シガーのうまさを知ってしまうことは、これまた知る悲しみの一つである。シングルモルトのピーティな香りの味を覚えてしまうと、ワインなんて女と飲む小道具ではないかと思いたくなる。紅茶も発酵された贅沢な飲み物である。もともとブラック・ティといってカップの底はみえないものである。本も発酵したものである。作者の頭のなかでエスプリやユーモアが見事に発酵されて発行されるのだ。だから、面白い本ほど発酵してる。

日常生活をしながら、個々の内臓の存在を感じたら、たいがいそこが病んでいる。

胃が痛いときは胃の存在が手に取るようにわかるがすべての内臓は悪くなると信号を発してくる。痔《じ》で悩む人は肛門《こうもん》の存在を感じ、五十肩の人は肩をいつも意識している。突然、目にゴミが入ったとき目の存在に気がつく。だからいちばんいい健康状態は、体の部位の存在をまったく感じないことである。

精神的にもこれはいえる。いい女をみそめその存在を意識しはじめ気になりだして恋に落ちると、恋愛という重篤《じゅうとく》な病気にかかっている。

政治もそうだ。いい政治とは国民に政治の存在を意識させない空気のようなものではないだろうか。いま日本の国民すべての人がわが国の将来に不安を抱いて政治を意識している。これは極めて不幸な時代なのである。

わたしは六十四歳で人並みに大腸ガンになった。そのときもシグナルが送られてきた。いままで秘密の快感であったあの快便さがなくなった。人間ドックで検便したら潜血反応があった。目には見えないが便に血が混じっていたのだ。それは六月のころであった。だれにも知らせないで十二月の末から正月を挟んで手術をした。だが一月五日の会社の初出勤にはどうしても間に合わず、大腸ガンを手術したことがみんなに知れ渡った。

その二年後続いて心臓の三本ある冠動脈のうち一本が九十パーセントつまっていて、三年後には死ぬかもしれないと宣告された。そのときわたしは、知り合い全員に知らせて手術の成功を祈ってもらった。胃袋から一本、脳にいくやつを一本拝借して、いまわたしは五本の冠動脈を持っている。

そのときもちゃんとシグナルを送ってきた。地下鉄の階段を上がるとハアハアと異常に息切れがして、酒を飲むと頭のなかで半鐘がカンカン鳴っていた。

英国では「紅茶はブレンドで、シングルモルトはシングルで」といわれている。

わたしの親しい在日二十年の英国人がはじめて日本にきたとき、高級喫茶店にはいって驚いた。メニューの紅茶のところにダージリンとかアッサムとか、茶の単品が書いてあるではないか。たしかに日本人は単品で飲んでいる。紅茶好きな英国人は、紅茶をブラック・ティといい、ダージリンとアッサムとディンブラーとそして最後にラプサン・スーチョンを少しいれて、四種類をブレンドして飲む慣わしになっている。だからモーニング・ティとかアフタヌーン・ティとかはすべてブレンデッド・ティである。このラプサン・スーチョンは、独特の香りを放つ葉っぱである。もともと中国産だが正露丸のような臭いがする。中国人はあまり飲まないが英国人はことのほか好きである。そういうわたしもラプサン・スーチョン党である。

もっと香りを強くするにはタリー・スーチョンがある。わたしはグレイ卿が発明したインドの茶葉にベルガモットという柑橘系のフルーツで香りをつけているスモーキー・アールグレイにラプサン・スーチョンかタリー・スーチョンをちょっといれてよく飲んでいる。

紅茶は日本茶とちがい百度の熱湯をさして最低五、六分待つ。カップに注ぐと発酵した香りが立ち上がり鼻をくすぐる。紅茶をうまく飲むコツは日本の水道や日本のミネラル・ウォーターではなく、ヨーロッパ系の硬水を使うと断然うまくなる。わたしはスコットランドのスペイサイド・ウォーターを使っている。カップの底がみえるくらいでは本当のブラック・ティとはいえない。ケチケチしないでどんと葉っぱをいれて、コーヒーとみまちがえるくらいな色にするのがコツである。

紅茶をシングルモルトのチェーサーとして飲むと英国貴族になったような優雅な心地になってくる。

バブバブこそ究極のモテる男の姿である。

一般的に成人した男は、恋に落ちると少年までにはなれる。バブバブとは、愛する恋人の前で心身共に赤ん坊になることである。恋する男は、本能的に母を訪ねて三千里の旅する過程で恋人に巡り会う。だから母親に甘えるように愛する恋人に甘えるべきである。精神的にすべてをかなぐり捨てて、裸になって甘えてこそバブバブの境地に達する。女は、そういう男に母性本能をくすぐられて可愛いと感じるものらしい。

生まれつきのプレイボーイは、それが自然と身についているようだ。たしかに真面目な男は女の前で鎧《よろい》をつけて堅苦しい感じがするからモテないのだ。

わたしの親友にベッドの上で愛する女の前に両足を高く上げて肛門、フグリ、チンチンを舐めてもらっているヤツがいる。この男の無防備な姿こそ、バブバブ状態となる。この格好は母親にオシメを交換してもらった赤ん坊のときのものだ。そうすると男は自然に心が赤ん坊になって、すべての知性もどこかに飛んでいってしまうそうだ。

このバブバブの境地に達すると、愛の営みはバイアグラ以前と以後ほどの大きな違いがあるのだと親友はわたしに強調する。彼はここ十年間、風呂に入って自分で洗ったことがないと自慢する。バスルームの彼はいつもただ座っているだけで、恋人が髪の毛から足の裏まで丁寧に洗い流してくれる。彼女は彼が風呂から上がってベッドで横になっていると、自分で洗って「お待たせ」といってベッドルームに現われる。まるでこれはプライベート・ソープランドではないか。本当だろうか。男としてこの世に生まれたら、バブバブ男にならないと本当の男と女の悦楽は知ることはできないのだと親友は教えてくれた。

無知と退屈は大罪である。

知識というものは知ってくると枝から枝へと拡がりたわわな葉が茂り花を咲かせ実をつけるものである。例えばナポレオンに興味を持つと側近のタレイランの凄まじい外交力に魅了され、もう一人の側近、フーシェを知ると秘密警察の冷酷さに興味引かれる。ナポレオンの妻ジョセフィーヌを知ると世の中にあげまんはあるのかもしれないと思い、ナポレオンの妹、ポーリーヌを知ると女の本性がわかる。

歴史は一人では動かない。ヒットラーの側近のゲッベルスを知ると、どうしてあんな頭のいい男がヒットラーに命がけで尽くしたのか、謎に思えてくる。一方、チャーチルを知ると、ヒットラーが台頭してこなかったら、チャーチルの出番がなかったことがわかる。ドイツに勝利した英国民は終戦直後、冷酷にもチャーチルを選挙で落選させた。チャーチルは戦時のリーダーであって平時には必要ではないと国民は判断したのである。強烈な個性の人チャーチルは落胆したのか。こんなことでへこたれるチャーチルではなかった。暇になったチャーチルは、『第二次世界大戦』を書いて、ノーベル平和賞ではなく、ノーベル文学賞を受賞した。佐藤栄作やオバマがもらったノーベル平和賞ではなく、歴とした栄えあるノーベル文学賞に輝いたのだ。

無知なる者はよく寝るらしい。退屈から逃げるには人は猫のように眠るしかない。知る愉しさに目覚めると、人はますます好奇心に燃えて寝食を忘れて知の洞窟の探検へとでかける。

退屈は無知な怠け者の専売特許である。歴史に学び連想飛躍すれば、退屈なんてする暇はない。よくわたしは若いとき女たちにいったものである。

「おれとつきあうと、財力はないが退屈はさせない」

イケメンは年を取ると不幸になるが不細工な男ほど幸福なジジイになれる。

イケメン男は若いときから努力せずして女にモテるから、年を取っても苦労のあとがないノッペリした味のない顔になってしまうようだ。一方、不細工な男は若いときから女にモテようとして、あらゆる努力を惜《お》しまないから、だんだん顔に味がでてくるのではないだろうか。

じっさいわたしの三歳上の先輩はチビでデブでハゲなのだが、女によくモテる。この間も六本木でばったり会ったら、四十歳くらい年下の孫みたいなフルボディの女性と腕を絡ませて歩いていた。

顔は若いときはイケメンではなかったろうが、いまでは色悪《いろあく》さえにじみでる味のある性格俳優というところか。わたしの七十三歳の先輩は男性ホルモンがいまでも活発なのだろう。男性ホルモンが分泌してるとオヤジ臭が出てこないらしい。

「モテる男の秘訣は、まず気前がいいこと。そしてマメであること。それからベッドでしっかり仕事をすること。終わったあと風呂に入った彼女がいっていた。あそこがしみるってな。アッハハハ」

と先輩は高笑いしていた。

いまモテモテのこの役者はシェークスピアのセリフを簡単に覚えるほど脳みそが若い。暇さえあれば区民プールで泳ぎ図書館に通っている。

若者よ、七十歳過ぎたって、若い女にモテることはできるのだ。人生は死ぬまで捨ててはいけない。

一方若いときイケメンだった先輩はモテすぎて女関係がこんがらがって四回も結婚した。たまに会って飲むと話がエキサイティングではない。話題は年金と成人病のことばかりだ。元イケメンがぼそりとつぶやいた。

「おれは結婚運がよくなかった。順番にだんだん女房がダメになってくる」

本物の知識人は唯物主観だけを信じるのではなく、唯心主観を信じることだ。

あのデカルトだって神の存在を否定しなかった。唯心の世界でいまだ唯物的に証明できないことは沢山ある。人間の脳みそのなかのことだって、まだ三十パーセントくらいしかわかっていない。

相性がいいことを英語でケミストリーが合うという。体液の流れが似ていることらしい。この相性だってどうしてこの人間とは気が合うがあの人間とは合わないのか、ということは科学的にいまだ解明されていない。

なぜ天才的な脳みその持ち主は一代で終わってしまうのだろう。それは神が姿を見られたくないので、それ以上人間を賢人にしないのではないか。

大衆は唯物主観だけではやっていけないことは本能的に知っている。だから大晦日に神社にお参りして一年の幸せを祈願する。わたしは霊力の存在を信じている。よくどうしようもないくらい寂しいとき、まるで遊びいくような気持ちで、柴田錬三郎先生、今東光先生、開高健先生の墓を訪れる。

そしてまるで先生たちがそこにいますがごとく墓に向かって話しかける。

三十六歳でこの世を去ったひとり娘の墓参りも月一回はいっている。「おまえの分も仕事をしてお洒落をして恋をして、シングルモルトを飲んで人生を謳歌《おうか》してやるぞ」といつも叫んでいる。

大学生のとき、心中があったアパートを格安で借りたことがある。なぜかみんな半年くらいで引っ越していくらしい。わたしはそこに三年も住んでいた。一度だけ雨の降る深夜、白装束で彫りの深い美人の幽霊がわたしの枕元に現われた。わたしは「一緒に寝ようよ」と彼女の手を引っぱってをフトンに誘いいれようとした。彼女はいやいやするような仕草で姿を消した。これはいまでも残念なことをしたと思っている。

どんな相思相愛の男と女でも結婚して一つ屋根の下に暮らすと、いつの間にかオスとメスではなくなるものだ。

鳥類のなかにはオシドリみたいにつがうとずっと一緒に夫婦をしている温和《おとな》しいオスとメスがいるが、動物の世界は人間も含め多穴主義が当たり前である。だが、キリスト教徒や仏教徒の国では、一応建前では一穴主義を標榜《ひょうぼう》して結婚し夫婦制度を取っている。が、イスラム教の世界ではその男の身の丈によって、四人まで妻を娶《めと》ることができる。しかし、男も女も夢を見て結婚して理想を追求するのだが、一つ屋根の下で男と女が暮らしはじめると、四、五年でオスとメスの関係が消滅してしまうのが健全な男女の常である。男と女の関係は時とともに人間的になって子供ができるとますますオスとメスではなくなり、自然にパパとママになっていく。好ましい夫婦関係は人生の戦友のようになることだ。たとえセックスレスな間柄になっても、なんともいうにいわれない冬の暖かい日だまりのような関係になるのが最高である。それは人間は知性の生き物だからである。夫は家庭内糖尿でインポだと宣言して、外では電信柱のようにいつも立っている。女房は女房でむかしの恋人と縒《よ》りの甘い糸を戻したりしているかもしれない。それでいいではないか。

フランスのバルザックやスタンダールの時代は、男も女も浮気を文化にまで高めた。妻が浮気される夫をコキュといって同情され羨《うらや》ましがられたものである。それは、まだ女房がそれほどの女として魅力が残っているという証拠であった。

いま日本で戦前のように、処女で結婚して生涯一本のチンボコと添い遂げる貞女ははたして存在するのだろうか。混沌《こんとん》、これが日本の自然な二十一世紀の夫婦関係なのではないか。人は冷酷な真実よりも美しい嘘《うそ》を潤滑油《じゅんかつゆ》にして生きているのである。

美しいモノをみつけたら迷わず買え。

わたしの金がかかる道楽の一つは、ファッションである。格好いいジャケットやパンツや靴や鞄をみるといても立ったもいられなくなり、いつも無理して買ってしまうことだ。六十七歳まで会社で働いていたころは、いわゆる英国紳士風にアンダーステーテッド・エレガンス〈そこはかとない優雅〉の道を追求したものだ。ギーブス&ホークスで何着もスーツを仕立てた。ターンブル&アッサーで何着もシャツをこしらえた。

そして六十八歳で売文の徒になってからは、イタリアン・ファッションの真髄、抜け感を愉しんでいる。七十歳のいまは楽でお洒落なイタリアンがいちばんだ。そんなわたしに目をつけたのが「メンズプレシャス」のハシモト編集長だ。『お洒落極道』という連載を書いて欲しいと依頼があった。

いまショートパンツに凝《こ》っている。ＰＴ０１のロングパンツは十本持っているが、ＰＴ０１の迷彩色の短パンともう一着、白をはいている。だが、あえてわたしはいきつけの広尾のセレクトショップ〈ピッコログランデ〉の加藤仁店長に頼み、以前買ったＰＴ０５のサスペンダーを使いたくなってボタンをつけてもらった。七十歳のわたしはいま広尾の街を小学生のような格好で闊歩して夏を謳歌している。

美しいものに弱いわたしは、去年白いモンクレールの同じ短パンを二着も買ってしまった。それには深いワケがある。一本モンクレールのショートパンツを買って意気揚々と歩いていたら、〈ピッコログランデ〉のショーウインドーに同じものが飾ってあるではないか。もしこれをはいたやつとばったり会ったら恥だと思い、あえてもう一本買ってしまったのだ。

これも今年はサスペンダー付きではいている。

あえて何度も繰り返すが、ショートパンツには日焼けしたマホガニー色した脚がよく似合う。生ちょろい白い脚は禁物である。

紙に印刷された文字は、時とともに風雪にさらされるが、コンピュータの画面の文字はいつまで経っても同じ状態である。

欲しかった本を古本屋で見つけたときの歓びには、なんともいえない感動がある。あの何人もの指紋が付いた日焼けした古書の魅力はコンピュータの画面では味わえない歴史の集積を感じる。

またページをめくったときに起こるあのなんともいえない〝ページの風〟の感触は、iPadの画面の上では到底味わえない。画像の質感は限りなく進歩して紙に近づけたとしても、一冊の本が持つ存在感には到底敵《かな》わないものがある。

たしかに部屋に乱雑に積まれた書籍の山はみるたびになんとかしなきゃならないといつも思うのだが、コンピュータのなかに一千冊記憶させ仕舞うことができるといわれても、どうしてもわたしは逡巡《しゅんじゅん》してしまう。これはわたしが何十年も本と一緒に同居して本を愛しているからなのだろう。本はわたしの親友であり、先生である。それが姿を消して活字だけが画像の上にでてくるのは、なんとも寂しいのである。

しかし未来を想像するに、生まれたときからこのシステムしかないとすれば、これはきっと便利なものだろう。そんな時代がくれば、厖大な書籍を預かっている図書館がこの世から姿を消すだろう。用紙会社も印刷会社も死活問題が起こりそのうち絶滅してしまうのではないか。人類の歴史のなかで印刷の発明は文化を激変させたように、コンピュータの発明は大革新の到来を意味する。

わたし自身、古書の匂いを愛しく感じながら人生を終えるであろうが、あと三十年もしたら電子図書館ができ、家のなかに書庫などは存在しなくなることはまちがいない。

よく学者が書棚をバックに写真を撮るが、あの古典的光景はまもなくみられなくなるだろう。

女の過去の男のHな寝癖を替えたとき、はじめて自分の女になる。

ベッドのなかの男と女の性交の寝癖《ねぐせ》は、ちょうどフィギュア・スケートのペアの演技に似ている。男という動物は自分が気持ちよくなるためにいろいろとパートナーに教え込むらしい。少しの月日が過ぎると女もこうしてくれと欲求する。そして二人の一連の悦楽の演技の順番ができる。

しかし人生には冷たい風が吹き、冷酷にも二人をたがいに離れ離れにしてしまう。二人のオスとメスはまた別の異性を求めて恋に落ちペアを組み替える。すると最初は夢中でよくわからないうちに果てるのだが、だんだん余裕ができてくるとたがいに磨いた技を吟味《ぎんみ》するようになる。おまけに性道はあまりにも個人的なことなので、華道や茶道のように流派がない。

「お、お、気持ち、いい。おまえ、この技芸はなに流、なんだ」

「これは、以前習ったシマジ流の技芸って、いうのよ」

なんてことは絶対ない。が、スケベな男と女は一度身につけた技芸をベッドでだしあいさらに精進しようとするものだ。相性のいいパートナーを見つけることは人生の美しい歓びの一つである。知る悲しみの一つかもしれない。

「おまえの技芸は磨きがかかったね。もう一度、シマジ師匠のところで披露してみたらどうかな」

「あなたさえよければ、わたし、喜んで師匠のところにいきますことよ」

なんてことは絶対ない。

たしかにわたしが普通の男より優っているものがあるとすれば、それは限りなく遅漏《ちろう》であることだ。先日若いどもりの後輩と話したらそいつも遅漏らしい。どもりと遅漏はもしかすると相関関係があるかもしれない。どもりはなかなか言葉も精子もでにくいかもしれない。

お洒落な人は厳冬のゴルフはおやめなさい。

ゴルフは緑の芝生をゆったりと歩きながらプレイする優雅にして厳《きび》しいスポーツである。あの緊張《きんちょう》しながらの開放感は格別だ。一緒にまわるプレイヤーたちが仲のいい連中だったら、愉しさはさらに倍加する。

わたしはゴルフを二十五歳のとき柴田錬三郎先生に教わって、七十歳になったいまでも週に一度はプレイしている。これは健康のためと素敵なゴルフ仲間と愉しむためである。

だが、わたしは毎年十二月までプレイするが、一月、二月、三月は禁じ手にして封印している。いまから三十年前アマチュア・ゴルファーの神様中部銀次郎さんとよくプレイしていたとき、中部さんがいった。

「シマジさん、あなたみたいに格好つけるかたは厳冬のゴルフはおやめなさい」

「どうしてですか」

そのころホカロンを沢山体中にはって、どんなに寒くてもゴルフにいったものである。

「だいいち、寒空の下でホカロンはって古畳色のようなフェアウェイでプレイするのはゴルフの女神に申し訳ない。あれは下品な行為です」

とゴルフの神様はいい切った。さすがお洒落なことをいう。わたしは感服し影響されて中部さんみたいに一、二、三月はゴルフ道具を封印することにした。

たしかに凍てついた芝の上のボールをかじかんだ手で打ってミスショットした感覚ほどみじめなものはない。自己嫌悪に陥り悲嘆してると寒さが倍加して感じられる。また厚着がミスショットを生む。凍っているグリーンはボールがコンクリートの上に落ちたみたいに跳ね上がる。

だからわたしは四月の春風とともに再開することにしている。

ドイツ文学が衰退したのは、読書好きな知識階級のユダヤ人をナチスが大量虐殺《ぎゃくさつ》したからだ。

地球上でいちばん頭がいいのはまちがいなくユダヤ人である。世界中でノーベル賞を取った数はユダヤ人がダントツだ。作家の数もユダヤ人は優っている。読書する人もユダヤ人にはかなわない。だからヒットラーは多くの大切な読者や作家を殺してしまったのである。

わたしの大好きなツヴァイクはオーストリア系ユダヤ人であったが、ドイツ語で作品を発表していた。この天才的な作家は最初シュールな小説を書いていたが、その後ノンフィクションの道に進んだ。『マゼラン』を書いてツヴァイクは、リーダーの冷酷さと優しさを見事に浮き彫りにした。『マリー・アントワネット』では、可愛い王妃のあどけなさは断頭台のギロチンで死刑になることが決定すると、母親のマリア・テレジアを凌ぐ凜《りん》とした王妃に生まれ変わったと書いている。『バルザック』では読んだ者をまるでバルザックと一緒に食事でもしているかのように感じさせ、物書きの天才に肉薄している。『人類の星の時間』では人間はすべて一瞬輝くときがあるが、所詮悲しい存在であることを活写している。この名著をわたしはいままで十回読んだ。人間の存在の切なさがにじみでている永遠の傑作である。

そのツヴァイクはヒットラーに追われるようにロンドンに逃げ、ついには南米のアルゼンチンに避難《ひなん》した。だが、天才は愛する妻を巻き添えにして自殺した。熱狂的ファンとしてはどうして長生きしてアドルフ・ヒットラーを書いてくれなかったのかと残念に思う。大衆はときに大バカ野郎になったり、ときに賢者になったりする。天才ツヴァイクの透徹した頭脳で書かれたヒットラーとドイツ国民の物語を読みたかった。当分第二のツヴァイクは生まれない。

理想の女を求めて、男は女探しの旅にでる。〝母を訪ねて三千里〟の思いを込めて、男は母親のぬくもりを生涯探しているのかもしれない。

すべての男はマザコンである。男は無意識のうちにたらちねの母から与えられたオッパイの感覚が生涯忘れられないのか。子供のときの母のあの無類のやさしさを異性のやさしさだと錯覚して男は恋をする。

だが、現実の女はそんなにやさしくもなければ甘くもない。男は冷徹に裁かれ判断される。男は振ったり振られたりしながら、心のなかのたらちねの母を求めて女道《おんなどう》の旅人となる。突然、女と出会い美しい誤解をして結婚する。これは妻ではあるけど、決して母ではないと男はすぐ悟る。そして再び別な女を探しに旅にでる。ときに人によっては火宅《かたく》の人になったりするが、凡庸な男たちは面倒なことが起こる前に、日帰りの旅からこっそりその日のうちに妻のいる自宅に帰ってくる。一方、女は理想の男を父親に感じるものらしい。実の父と夫を比べいずれ女は心のなかで落胆するものらしい。男親にとっての娘は異性でありながら、肉体関係のない純粋な心で愛せる唯一の女である。

たいがい性格もよく似ているものだ。だから父親と娘の夫は親しくなっても、なんとなくこそばゆい関係になる。それはそうだろう。一片のみだらな気持ちが起こることなく、ただ純粋に愛していて目のなかに入れても痛くないほど可愛い娘が自分にとっては赤の他人の男のチンボコをしゃぶっていると想像するだけで釈然としないのである。

わたしの知り合いに年齢が離れた夫婦がいるが、いまだ嫁の両親は娘もその夫も許しておらず婿に会おうともしない。それでも律儀なわが友は盆暮れには虎屋のようかんを持参して挨拶にいくらしい。〝母を訪ねて三千里〟の旅はなお続くのだ。

「汚らわしい！　帰って！」と玄関先にでてきた母親にようかんをぶつけられる。

当然ながら父親は顔さえみせない。

〝お祈りメール〟は二〇一一年の残酷な時代の証である。

若者たちに夢を与えられない社会と政治は最低である。社会という戦場にでようと意気込んでいる若者たちを受け入れられない体《てい》たらくは許しがたい。日本人のあの不撓不屈《ふとうふくつ》のエネルギーはどこにいってしまったのだろうか。

何十社も就職試験に落ちて、「あなたの今後の健闘をお祈りします」と携帯に人事部からメールが入ってくることから、だれがいったか「お祈りメール」という言葉が生まれた。

わたしの若い時代も厳しかったが、それでも出版界はこれから成長する予感に満ちていた。いま活字離れが加速して、出版界は凋落の一途を辿《たど》っている。はたしてわたしがいま若者だったら、出版業を選んでいるだろうか。それでもやっぱりわたしは斜陽の出版社を選んでいることだろう。わたしは出版しか職業として魅力を感じない。ほかの業種では満足できない不平分子になっているだろう。たとえ給料が半分になっていても、わたしは敢《あ》えて編集者になったはずである。

厳しいことをいえば、いまの若者はどうしてもこの仕事に就きたいという情熱的なモティベーションが希薄ではないだろうか。たしかに一生の仕事を決めるのはじつに大事なことである。しかしどんな仕事でも興味次第で生き甲斐を実感できるものである。

集団で就活するのは日本だけらしい。アメリカのコラムニストのボブ・グリーンははじめ「シカゴ・トリビューン」紙のコピーボーイで雇われた。そのうち才能が認められ記者に昇格して、その後発想の奇抜さと文章のうまさが買われて専属コラムニストになった。そろそろヨーロッパ並みに一年間見習いで働いて相互が気に入ったら本採用するというシステムに変革する時代がやってくるのではないか。

人生において典雅なみだらさを悦楽と呼ぶのだろう。

のべつまくなしにみだらなことを頭のなかで考えているのは人間だけである。ほかの動物はサカリがついた時季だけお盛んだが、のべつまくなしということはない。みだらさは人間の常であるが、それに典雅な味がつくと芸術の領域に昇華する。

最近読んで年甲斐もなくみだらな気持ちになったのは、わたしの親しい編集者、サン出版の桜木徹さんが発行した「昭和の『性生活報告』アーカイブ」に載っていた「犬のロッキーを恋人にした私の妻」である。

五十キロもある秋田犬のオスと仲のいいスケベな夫婦のスワッピングの話である。夫がロッキーと交尾することを妻にしむける。はじめいやがっていた妻がしぶしぶ承諾したのだが、いざ夫が手伝いながらやってみると、なかなかうまく結合できない。ロッキーの一物はコーラのビンに形状が似ている。人間の女陰部の匂いと犬のメスの匂いとはちがうらしくロッキーは、最初は見向きもしない。犬には特有の球茎というピンポン球を二つつけたような異物がペニスの根元にある。これがメス犬の膣《ちつ》にはいると突然拡がり射精するまで一時間は抜けなくなる。尻と尻をくっつけて交尾することを尻結合という。

ついに妻とロッキーが尻結合に成功した。

「アーッ何か凄い。パパ大丈夫だよね。アーッ凄い。引っ張られる！」と妻は正気を失う。

夫は「興奮とともに感動さえ覚えました」と告白している。

この昭和の庶民のみだらさこそ奇跡的な繁栄を誕生させた原動力なのだとわたしも感動した。夫婦愛と動物愛に満ちたこの告白レポートには典雅なみだらさ以上の狂気がある。

やっぱり不健全な精神は健全な肉体にこそ宿る、である。

人は独りのときこそ慎むべきである。

たしかにエスプリとユーモアのセンスを磨くには、人知れず静かに独りで沢山の本を読まねばならない。アホ面してテレビばかりみていると、まちがいなく時間とともにバカになってしまう。

たとえば大佛次郎の『猫のいる日々』を読むとしよう。文豪、大佛次郎は『鞍馬天狗』の作者として有名だが、大の猫好きである。多いときは家のなかに十五匹もの猫を飼っている。その猫たちを達意な文章で擬人化してユーモラスに綴っている。猫好きにはたまらない一冊だ。

「猫は用がなければ媚《こ》びもせず、我《わ》が儘《まま》に黙り込んでいる。それでいて、これだけで感覚的に美しい動物はいない」

と文豪はベタ褒《ぼ》めである。

そんな文豪の家にドロボウがはいった。沢山いた猫はニャンとも騒がなかった。運のいいドロボウで鞍馬天狗のおじさんが寝ている部屋は避けて、夫人の寝室にはいり大金がはいっていたハンドバッグを盗んで夜陰に消えた。どうして猫たちは騒がなかったのか。どうしてこの犯人を文豪が許したのか。それを愉快な文章で綴っているので『猫のいる日々』を読んでいただきたい。

瀬戸内寂聴さんが得度《とくど》したとき、寂聴という法名は今東光大僧正の法名、今春聴からもらった。そのとき大僧正は厳《おごそ》かにいった。「瀬戸内、これから僧籍の人になるのじゃ。独りのとき、慎めよ」

人は独りのとき、どう過ごすかで将来が決まる。オナニーばかりしていてはやっぱりダメなのだ。小説の神様バルザックもこういっている。「独りはいいものである。ただし独りはいいものだねと話し合える相手がいることだ」

女にチンチンをしゃぶられた瞬間に男の威厳は消滅する。

どんなに男がヒゲをはやして威張っていても、女にチンチンをしゃぶられたらその威厳は雲散霧消《うんさんむしょう》するものである。どんなに偉ぶっている男でも所詮は女から生まれてきたのである。男の威厳とはそんなにもろいものなのだ。

だから男と女の清く正しい友情を維持したければ、軽々《けいけい》にチンチンをしゃぶらせないことである。肉体関係をもつ究極の決断は女の掌中《しょうちゅう》にある。友情と恋情はまったくちがうものである。恋情でチンチンをしゃぶられるのは仕方のないプロセスの一環である。

もし男がダンディーに振る舞いたければ、女とズブズブの関係にならないことである。わたしの担当編集者には美人が多いが、わたしは女とはみるがメスとしてみたことがない。わたしのサイン会にいつもやってくる熱狂的な若い女性読者たちはフルボディで美人揃いで理知的だという評判だが、ズブズブの関係には決してなりたくない。わたしはいまだ男としての威厳を保っている。これからもこうありたいと願っている。

男と女は恋に落ちて激しく燃えるような体験をするが、三、四年すると、どこからともなく冷たい秋風が吹き、愛という引力が希薄になり別れるものだ。そのあと愛情崩れの友情に発展することもままあるのだが、じっさいにはなかなか難しく滅多にない。それは男の威厳を戻すのが難しいからなのだろう。

わたしが現役で銀座のクラブに通っていたころよく訊かれたものだ。

「シマジさん、いま恋人はいるんですか」

「もちろん、いるよ。いま二人いる。写真をみたいか」

「是非みたいわ。みせて」

そしてわたしはおもむろに瀬戸内寂聴さんと塩野七生さんとの二枚のツーショットの写真を財布から取りだすのである。

人生において強運はたしかにある。

とくに現代は科学一辺倒の文明の時代である。しかし人生は、分子と分母が割り切れることばかりではない。人を愛する心も人を憎む心も簡単には分析できない。まして相性などは科学を超えている。この世に超能力はいくつも存在する。手品には仕掛けがあるが、超能力には種明かしがない。多分、仏陀《ぶっだ》もキリストも超能力者だったのだろう。水の上をたしかに歩いたのだろう。

本当のインテリは唯物主観ばかりではなく唯心主観を信じている。デカルトは「われ思う故にわれあり」といったが、神の存在を決して否定しなかった。人間の性格はＤＮＡで遺伝するが、はたしてその人の運まで遺伝するものなのだろうか。連戦連勝のナポレオンが、ジョセフィーヌと離婚してから、敗北に転じた。

ジョセフィーヌは〝あげまん〟だといわれている。人間の天運は、努力を超えた果てにある。生まれながらシナリオに組み込まれているかのようだ。いまだ運は科学的には証明されていない。だから占いが繁盛するのだろう。たしかに超能力を持った占い師はいる。そんな本物の占い師に出会うのもまたその人の生まれ持った強運なのである。よく考えてみると、人生は不思議なことばかりだ。

わたしは二十五歳のとき、柴田錬三郎先生と超有名な占い師にみてもらったことがある。高い見料は先生が払ってくれた。

「あなたは編集長にも社長にもなれる。ただし今日からギャンブルを一切しないこと。ギャンブルをやると折角の強運を使い果たしてしまう」

わたしはその占い師を信じて、それからすべてのギャンブルを断った。人生は信ずる者だけが救われるのである。

元気に長生きすることは、まちがいなく人類の目撃者となる。

人類は利巧者なのか愚か者なのかわからない。あの9・11のニューヨークの貿易センターをケーキを切るようにジェット旅客機が次々に激突するシーンをわたしはテレビではじめてみたとき、新しい映画の予告宣伝かと思ったものだ。アメリカの覇権《はけん》に大きな爪痕《つめあと》を残した。いままでに類のない人災であった。宗教のこと、人種のことといろいろのことを考えさせられた。人間の想像力をはるかに超えた多くの無垢《むく》な市民を巻き添えにしたあの残酷な自爆テロをみた者とみない者とでは、大きなちがいがある。人生観さえかわってくる。

9・11の事件が起こる前に死んだ人はあんなことが起こるとは考えもしなかったことだろう。

そして今度は日本に東日本大震災が起こった。未曾有の津波が膨大な人の命を呑み込んだ。まるで日本が呪われてでもいるかのような大惨事が勃発《ぼっぱつ》した。おまけに福島の原発事故へと飛び火した。目に見えない匂いもない放射能が外に漏《も》れだした。東京電力は計画停電を実行している。こんなことが起こるとはだれが想像したろう。

天災は忘れたころにやってくるといわれていたが、今度の被害は甚大《じんだい》だ。これも経験した者と知らない者では人生観がちがってくる。

復興には何十年もかかることだろう。日本人の本当の底力をみせてやりたいものである。

だが、この目でみた人とみなかった人では大きな差がある。

9・11の事件も東日本大震災も生きているからこそ目撃できたのである。人類はどんな惨事からでも這《は》い上がらねばいけない。長生きしていればその復興の大事業がみられる。したたかに長生きして目撃することは大切なことだ。

性欲と食欲以外の快楽をどれくらい知ってるかで、その人の人生の価値が決まる。

いま日本中セックスと料理の話題でもちきりだ。粘膜に感じる快楽を日本人は大好きなのである。しかしこの二つの快楽だけの人生なんてつまらない。男は射精すれば正気に戻り心のなかに渺々《びょうびょう》と風が吹く。食欲だって満腹になったらもう食事のことは考えたくない。

しかし面白い映画や本の感動は永続的である。面白い本に没入したときの快感は麻薬のように癖になる。この高貴な癖は子供のときに身につけないと本当の読書の悦楽は知らないで一生を終える。わたしは中学二年生のころ、延原謙訳の新潮社の大人のシャーロック・ホームズ全集『シャーロック・ホームズの冒険』の「ボヘミアの醜聞」を読んで、女嫌いのホームズが生涯はじめて愛したアイリーン・アドラーという女の魅力にひれ伏した。ボヘミアの王様から謝礼にボヘミアン金貨ではなく、アイリーン・アドラーの写真だけをもらい、それを仕事部屋に飾っているところに感動した。

オペラだってそうだ。ヴェローナの古代ローマ時代のアレーナで演じられたヴェルディの「アイーダ」の感動は一生忘れられない。

人間はどうしようもない淫《みだ》らさと天にも届く崇高な魂《たましい》が同じ体のなかにあって、うまく共存しているのである。

上下の粘膜の悦楽と脳がしびれるような感動はどうも異質なものらしい。

マーラーの五番のアダージョの崇高な音を聴いた興奮と、いまから寝る女が浴びてるシャワーの音を聞いた興奮とはまったく次元がちがうのだ。

あんなに激しくベッドで愛した女たちをいま、名前すら思い出せないことがある。愛する女との情交は文化的悦楽ではないのだろうか。

名物に美味《うま》いものなし、有名人に本物なし。

名声を得た多くの人のなかにはたして何人の本物がいるだろうか。とくにテレビ時代の今日、ほとんどの有名人は異常にもてはやされ、自分だけにかまけているように思われてならない。本物の人物というのは自分の矩《のり》をわきまえていて典雅で美しい人のことをいう。

むかしの日本にはそういう無名で美しい職人が大勢いた。ひとつのことに打ち込んだ人間の輝きは、それ自体オーラを放つ。むかしはいい顔をした宮大工がいた。幸田露伴が書いた『五重塔』の谷中感応寺の五重塔を建立《こんりゅう》する大工、十兵衛の五重塔に捧げるひたむきな情熱は美しい。

一方、いま脚光を浴びて売れっ子の作家のなかで二十年後まで読み続けられる本物の作家は、はたして何人いるんだろう。

わたしが青春時代耽読したサマセット・モームは自嘲してこう書いている。

「わたしが死んだあとは、わたしの多くの作品はまったく読まれず図書館の片隅でホコリをかぶって眠っていることだろう」

とんでもない。そのモーム全集をわたしは退職金で古本屋から買い戻して、いまでもときどき読み返している。驚くことは当時の本の活字が異常に小さいことである。わたしが近眼になった原因の一つであろう。

一緒にツヴァイク全集とシャーロック・ホームズ全集を買い戻した。この三点の全集は中学時代、高校時代、大学時代、わたしに大きな影響を与えたパワースポットならぬパワーブックなのである。いまたっぷり読む時間があるなか、暗くもがいていた青春時代を思い出しながら読み返していると、本物の名著は四十年、五十年経っても本物であるのだと確信できる。この三つの名著はわたしの心の床《とこ》の間であり神棚なのである。

失敗を笑いに変えることができる人は、人生のワザ師である。

ゴルフのプレイ中、自分のミスに怒る人はあまり進歩しないが、笑う人はすぐ巧くなると、ジャック・ニクラウスがゴルフの教則本に書いている。人生でもそうだ。自分の失敗に怒ったり落胆したりするよりも、笑い飛ばせれば失敗は成功の母となる。

人の失敗に対してもそうである。部下の失敗を怒鳴りつけても、失敗は元に戻らない。

むしろ「しょうがないなあ」と笑って対策を講じてやると、部下は驚き元気を取り戻して再起にかける気持ちが大きくなる。「週刊プレイボーイ」の編集長をしていたとき、部下が取材でミスを犯して活字になってしまい関係者から文句がきたり、怒鳴り込まれたり、内容証明が舞い込んだりしたが、そんなときわたしはいつも和紙の巻紙に墨を摩《す》って筆で詫《わ》び状を書いて部下に持たせた。できるだけ知ってるかぎりの難しい漢字を使い格調ある文語調でしたためた。このほうが受け取ったほうは有り難いと思うからである。一生懸命やって失敗したことは、仕方なく運がなかったのである。そういうときこの紙爆弾は功を奏し、大きな問題にならずにすんだ。このわたしの筆書体を部下たちは面白がって〝昭和始末書体〟と呼んだ。じっさいわたしは編集長になるまで筆など一度も使ったことがなかった。

本物のリーダーの心構えは、責任は自分に、そして功績は部下に、である。だからこそ編集部全員一丸となって百万部の週刊誌が誕生したのである。

笑いの絶えない編集部は雑誌が売れるとむかしからいわれている。会社も笑いの渦があちこちに起きあがってくるところは将来性がある。毎日お通夜みたいで会議ばかりやってる会社には輝ける未来がないと思うべし。

人間の下半身には、もともと人格なんてないのである。

日本のマスコミは、有名人の人格を下半身で裁いて下品に喜んでいる。マスコミに携わる人間はよほどモテないやつばかりなのか。モテるやつを寄ってたかって袋叩きにするこんな幼稚で滑稽な国はほかにない。むかしから「英雄色を好む」というではないか。

二千年以上前のローマの英雄、ユリウス・カエサルはそんなにイケメンでもないのに女にモテた。しかもカエサルは女房持ちであった。その愛人は数知れず、稀代の浪費家であるカエサルに莫大《ばくだい》な金を貸していたクラッススの妻、テウトリアをはじめ、いずれライバルになるポンペイウスの妻、ムチア、ポンペイウスの副官、ガビニウスの妻、ロリア、「ブルータスお前もか!?」のブルータスの母親、セルヴィーリア、そして有名なクレオパトラに至るまですすんで愛人になったのである。

当時は政治家の偉大さを下半身で断罪したりしなかった。現代でもフランス人は粋である。ミッテラン大統領が外国のジャーナリストに「あなたには愛人と娘がいますね」と質問されたとき、大統領は悠然と答えた。

「それがどうしたんだ？」

大人の国フランスの大統領は自分のチンチンが良心なき正直者だということをよく心得ている。

いつでもどこでも頑張ってしまう良心なき正直者と透徹した脳みそがケンカをした。

「どうしておまえはブスばっかりと寝たがるんだ。たまには目がさめる美人と寝てくれ」と脳みそクンが不平をもらした。すると正直者のチンチンクンが血相をかえて怒鳴った。

「なにいってるんだ！　そんなことというなら、今度は脳梅の女と寝ちゃうぞ」

それには脳みそクンは一言《いちごん》もなかった。

本物の楽天主義が本物の幸運を運んでくる。

人によっては、すべてのことを最悪に悲観的に考えるタイプがいる。そういう考え方をすると、どんどん気持ちが暗くなり、物事が悲劇的なベクトルに動いていく。どんなトラブルに巻き込まれようと楽天的に考えると、向こうに明るい光が見えてくる。

中学校を二回も退学させられた今東光大僧正は、悲劇のどん底に落とされても、「失望するなかれ」と奈落《ならく》の底から這い上がった。類《たぐ》い希《まれ》な明るさと岩をも砕く情熱と、ときに自分をも笑い飛ばせるユーモアのセンスで、七十九年間の生涯を見事に明るく生き抜いた。亡くなる直前、わたしがいただいた書には「遊戯三昧《ゆげざんまい》」と書いてあった。遊びのなかにこそ真実があるという意味である。

人間の性格と運は先祖からのＤＮＡで決まってくるようだ。明るい性格の人は幸運をまわりにまき散らす。

長距離ランナーの英雄ザトペックは軍靴を履いて女房を背負って森の中を走って鍛《きた》えた。〝人間機関車〟はオリンピックのマラソンで見事金メダルを勝ち取った。後年、ソ連がプラハに侵入してきてザトペックにいった。

「ソ連に同調するならスポーツ大臣にしてやる。さもなくばウラン鉱の便所掃除をしろ」

生来の楽天家のザトペックは喜んでトイレ掃除を選んだ。これが一瞬プラハの春がきたかにみえたチェコスロバキアの現実であった。

ソ連に屈服せずあえてトイレ掃除を選んだザトペックこそ真の英雄である。人間は欲望の塊である。困難な道を選ぶよりも楽な道を選ぶのが普通の人間のやる決断であるのだが、ザトペックは喜んで楽天的に困難な道を選択した。オリンピックのマラソンの金メダルは、だからますます輝き真の英雄になった。

たとえ男と女のDNAが優れていても、愛の結合でないと子供は凡庸に生まれ、DNAが普通でも燃えるような愛で結合すると、天才が生まれる。

創造の主は、精子と卵子が愛しあいながら結合すれば、優秀な子供を授ける平等なチャンスを与えている。優秀な両親であっても、ときに凡庸な子供が生まれるのは、すでに二人の愛が醒めているからなのだ。反対に大したＤＮＡでなくても、愛しているうちに精子が卵子にぶつかると、天才が誕生する。いい例がレオナルド・ダ・ヴィンチだ。レオナルドは大地主の父親と小作人の小娘の間に生まれた不義の子であった。世の中には妾の子のほうが本妻の子より優秀なことがよくあるのは、いずれ醒めてしまう男と女の愛が、精子と卵子が結合する瞬間、激しく愛し合っていると、科学では証明のつかない摩訶《まか》不思議な力が現われるそうだ。

五億匹の精子のなかからいちばん元気がいいやつが一個の卵子に向かって突進する。まるで膣のなかはＦ１レース状態になるのだ。

アイルトン・セナの乗った愛のつまったＦ１なみの精子が凄いスピードで卵子に向かって爆走する。そのとき男と女が相思相愛の状態なら、精子にさらにドライブがかかり卵子もさらに燃えに燃え、全身全霊でぶつかり合い受け止められるのだろう。愛は男と女をさらに気持ちよくさせてくれ、宝物のような子供が誕生する。

これは神が作った数少ない平等のチャンスである。どんなに優秀なＤＮＡでも愛情がまぶされていないとただの子孫しか生まれないシステムになっている。神は優秀な子を作るファンクションに貴賤《きせん》を作らなかったのではないだろうか。

だから天才は突然ひょんなところに誕生するのだ。これは今東光大僧正から教わったことだが、わたしはいつもこのことを信じている。

無思想、無批判、無節操な生き方がいい。

わたしが編集者になりたての新人研修のころ、ある雑誌の編集長に「君は無思想、無批判、無節操だ！」と怒鳴られたことがある。そのとき、わたしは「ごもっとも」と心のなかで感心した。幼少のころから面白い本は大好きだったが、長じて思想的な本は読んだことがなかったし、信ずる思想も主義もまったくなかった。他人を小馬鹿にして笑ったが、面と向かって批判したことはなかった。いまでもわたしの書くものには特定個人への批判や攻撃がないとよくいわれる。個人を攻撃していると、次第にそいつと同じレベルになってきて、自分の気持ちがみじめになってきてしまうのだ。たしかにわが生涯は、無節操の連続である。

プレイボーイは無節操でなければ生きていけない。

だが、わたしはセンス・オブ・ユーモアだけは磨いてきたつもりだ。思想がなくてもユーモアがあれば、人生は愉しく生きられる。批判精神がなくてもユーモアがあれば、ものごとを笑い飛ばせることだってできる。無節操が故にユーモアをまぶしながら、悦楽の人生を送れたのだと自負している。わたしは人生を怖ろしい冗談の連続だと思っている。それを受け止めるためには、巨大なユーモアの城壁がないと生き苦しい。わたしにとって生きる最大の武器はユーモアのセンスなのである。

考えてみれば、戦後の日本はまさに無思想、無批判、無節操でやってきたのではないか。だから戦後の焼け跡から不死鳥のようによみがえり、世界を驚かせたのではないだろうか。

下手な主義主張や正義があると、むしろ行動力のブレーキになってしまう。無思想でも無批判でも無節操でもいい。ただひとつ不屈で元気な燃えるようなエネルギーがあればいいのである。

サウナのなかの一分は一時間に感じ、恋する女と一緒のときの一時間は一分に感じる。

あの感覚はなんなんだろう。サウナのなかで十分じっとしているときの苦痛は、熱いというよりまえに退屈してしまう。わたしはヨガ道場に通って覚えた足の指の間に手の指を入れて三十回左右に回転させたり、足の指を一本一本左右に三十回まわしたりして時間をつぶすようにしているが、それでもどうしようもない退屈に襲われてしまう。サウナのなかで無になる精神状態を作るのは結構難しい。

一方、恋人と愉しいときを過ごしていると、一時間なんてあっという間に過ぎていく。あの時間の感覚はなんなんだろう。恋人同士は心のなかで「時計よ止まれ！」と叫んでいるようだ。

日常生活において、一分を一時間に感じる人生はたしかに退屈しているのである。退屈は人生の敵だ。

二十四時間恋人と一緒にいて退屈しなかったら、その恋は本物である。一週間一緒に旅をしてケンカをしなかったら、その恋は長く続くだろう。イサカイは退屈以上に恋の敵である。一緒にいて退屈に思えてきたら、二人の間にすきま風が吹きはじめたのである。

恋に落ちた瞬間、恋人同士の体内時計は一時狂ってしまうのだ。それがお金では買えない恋の愉しさである。妻帯者の男が不倫の最中にちらっと時計をみる瞬間ほど醜《みにく》いものはない。そして慌てて女の前でズボンをはく姿はなお見苦しい。時はいつものように冷酷に刻み、女を羽化登仙《うかとうせん》の世界から現実に戻す。

わたしがいままでサウナのなかに最高二十分くらいいられたのは、恋人と一緒に入ったときだった。これ以上入っていると、死ぬかもしれないと思って、慌てて出てきたものだ。

熱い恋情よりサウナのほうが、事実熱かった。

9を掛ければでてくる。歳の年代に　セックスの平均正常回数は、歳によっての

たとえば四十代の男は、4×9＝36で30日に6回セックスするのが、正常だといわれている。だから二十代は、その伝でいくと2×9＝18で、10日に8回はできるということだ。三十代は27だから20日に7回、五十代は40日に5回で、六十代は50日に4回、七十代は60日に3回、八十代は70日に2回、九十代は80日に1回となる。十代は無限大なのでこの方程式は当てはまらない。百歳以上は無理なのかもしれない。それとも365日に一回か。

男の人生はこんなものである。女はどうかといえば、のべつまくなしチャンスがあればできるものらしい。スズメ百まで踊り忘れずの態勢なのである。わたし

の知り合いに九十六歳の元気な老人がいる。この人をわたしは性の師匠と仰いでいる。彼の恋人は四十六歳で五十歳離れている。師匠は、彼女と30日に1回はベッドをともにするという。

「シマジさん、男のセックスは手こきではじまり手こきに戻りますな。ちょうど釣り師が鮒釣りからはじめて、鮒釣りで終わるのとよく似ています。わたしの年齢になると、なかなか挿入しながら射精まで持っていくのが難しくなってくるんです。それで彼女をしっかり料理してから、今度はわたしに徹底奉仕してもらいフェラチオさせながら、手でしごいてもらうんです。それも少年のころの自分のリズムでね。それでもかなり時間がかかりますが、少量の精子はでますね。わたしがイク瞬間、彼女に合図を送り、勢いよく吸ってもらうんです。もちろん彼女は喜んで飲んでくれます。少年のころと同じスピードで精子が尿道を走ってくる快感がたまりません。これをその道ではバキューム・フェラというんです。長生きしてよかったとそのとき感じています。ハイ」

三度のメシより好きなものをみつけたとき、人生は凡庸でなくなり熱狂をおびてくる。

たとえ凡夫でも恋に落ちると熱狂的になり、どんなことがあっても万難を排してたがいに会いたくなるものだ。だが恋はそんなに長続きはしないものである。

わたしは小学校の低学年から読書にはまった。長じてタバコを知りそしてシガレットを卒業して二十七歳からパイプと葉巻をやるようになった。シガーもパイプもこまごました喫煙具に魅力がある。シガーにはヒュミドールが絶対必要だ。またシガー用のカッター、ライター、パイプ用のナイフ、ライター、モール、灰皿がある。とくにパイプは頻繁にモールで掃除しないとタバコの味が落ちる。葉巻も一日一回はヒュミドールを開け、湿度を七十パーセントに管理していないとまずくなる。

いま〈サロン・ド・シマジ〉に百五十本はあるシングルモルトもそうだ。夏でも部屋の温度を二十四度に設定して、わたしが不在のときもエアコンを入れっぱなしにしてある。スコットランド生まれのシングルモルトは東京の暑さに弱い。これくらい愛情を注ぐと必ず淫《いん》したモノたちはわたしにお返ししてくれる。女と同じだ。ないがしろにしていると、いつの間にかシマジ牧場の柵を破って野生化してしまう。

わたしの親しい友人の山岡秀雄さんは、二千五百本のシングルモルトとマンションに同居している素敵なロマンティックな愚か者である。なかには一本五十万円はするスグレモノがごろごろある。水戸の眼科医、草野達也さんは六畳の広さのウォーク・イン・ヒュミドールを作り、そのなかに一億円分の葉巻を眠らせている。それが並みのシガーではない。一本五、六万円するビンテージ・シガーが沢山ある。うれしいことに二人とも気前がいい。そして二人とも一見普通の人である。あの情念はどこに隠されているのだろう。

快食、快眠、快便、快飲、快淫、は健康のバロメーターである。

食欲は生きるための原動力である。湧きいでる食欲は、生命力そのものなのだ。うまいものを腹一杯食べ満足することは、人間の大きな快楽のひとつであり本能だ。大食いをしたいときは、二十分以内で沢山食べることだ。二十分すると、胃袋から脳に沢山消化しなければならないものが入ってきたぞと知らせがあるらしい。快食はまた舌の悦楽も愉しめる。

自然にあっという間に眠りに落ちる感覚が記憶にさえ残っていない眠りほど気持ちがいいものはない。夢も見ずに爆睡《ばくすい》した目覚めの快感は、千金の値がある。不眠症は不幸な病気の一種である。そういう場合は薬の力を借りても寝たほうが健康のためである。

快便の爽快感《そうかい》はこれまた快楽のひとつといっていい。便秘の苦しさは人生の生理的な苦痛の一つである。朝の快便はその日の好事を保証してくれているような気がする。便秘がひどくなったら、内視鏡で大腸を検査してもらったほうがいい。わたしの大腸ガンはそんな風にして見つかった。

快飲も人生の悦楽の一つである。酒がまずく感じるときは、体のどこかに異変が起こっているときだと思ったほうがいい。酒は健康を計るバロメーターだ。快飲は気持ちいい酩酊《めいてい》を誘う。

そしてまた快淫は人生をひと味ちがった味付けにしてくれる。男と女の淫らな交わりのなかにこそ生命の輝きを見いだせる。

快食、快眠、快便、快飲、快淫、このうちのどれかがバランスを崩したときは迷わず医者にいけ。この五つの要素は人生を楽天的に生きようとする人間にとっては重要条件である。面白いことにこのなかで一つが狂いだすと全部狂いだすものである。

地獄の沙汰も人脈しだい。

人生において大切なのは、億の金よりも豊かでたしかな人脈である。わたしは大腸ガンになって、日本一の名医に手術をしてもらい、心臓のバイパス手術のときも日本一の心臓外科医にやってもらった。これはすべてわたしが日頃培《つちか》ってきた人脈のお蔭《かげ》である。

名医と呼ばれる人は顔がいい。自信に満ちていて使命感に燃えている。だが名医もヤブ医者も日本では保険が同じように適用されて、手術代は同額なのである。アメリカでは医者はＡＢＣとランク付けされていて、値段も違う。金さえ積めば名医に手術をやってもらえる。まさに病院も資本主義体制なのである。日本ではまだまだ人脈がものをいう。

さて人脈はどうすれば作れるのか。それは直当たりするしかない。同じ道を会社と家をただ往復していては人脈は枝から枝へと広がらない。

わたしの職業はたまたま編集者だったからじつに多彩な人々と会えた。それで人から人へ枝が伸びるように、人脈はつながっていったのである。

わたし自身、人脈もなく新聞公募で入社試験を受けて集英社にはいった。はたしてあんなに厳選してはいってあの短い面接で新人の才能をみいだすなんて、至難の技である。だからコネという一種の人脈で会社にはいるのは決して悪いことではない。だいいち身元がしっかりしていることの利点は大きい。その後、その道で才能を発揮して副社長になったり社長になった例をわたしは沢山知っている。

もし人事部が就職試験で才能ある新人をみつける新しいフォーマットを考案できたら、その会社は繁栄するだろう。すべての企業は才能でもっているのだから。

「女は人間だけど、男ではない」は崩れたか。

創造の主の神は明らかに男と女を違う生き物として誕生させたのだ。男同士の熱い友情や男達の美しい団結力は女には理解できないだろう。男はロマンティックな愚か者になれるが、女はもっと現実的に生きようとする。それは動物として人類の種族保存本能が働いていたからである。子供を生み育てる厳しい現実にはロマンティックな愚か者では生きていけない。そのようにむかしの女は、保守的にものごとを考え男は革新的に生きた。ゆえに時代を壊していくのはいつも男のエネルギーであった。世界史を振り返ってみても、戦争は男が起こしみずから兵士になって死んでいった。女は銃後の母、妻と呼ばれ、貞操を大切にして国を守った。

そして二十一世紀、いま日本の男の世界に草食系男子という大群が誕生した。コンビニの弁当をせっせと食べて女との付き合いを諦め貯金ばかりしているという。一方、若い女の世界には多くの肉食系女子が出現した。女子会なる女同士だけで酒盛りしている時代がついに到来した。時代は女を人間であると同時に男性化させたのである。いざ日本が戦争になったら、もう男たちの誇りや勇気は期待できない。勇猛果敢な女の兵隊さんの登場である。コンピュータの時代、男の筋力はもういらない。

もう少し前の男たちがいっていた「女は人間であるが、男ではない」という美学は二十一世紀にして完全に崩れた。

広尾のジビエを食わせる〈ブラスリー・マノワ〉でわたしがヒグマのステーキを食っていたら、女子会の四人の面々が同じヒグマに舌鼓を打っていたのには驚いた。ヒグマの肉は七十歳のわたしでも朝立ちするほどの精力剤なのだ。一体彼女らはどうするんだろう。

人生は無駄のなかにこそ、人生の宝物が潜んでいる。

効率を考えていては文化は生まれない。わたしはいまシングルモルトに淫しているが、その前はワインに凝っていた。病膏肓《やまいこうこう》に入《い》り当時サントリーがやっていたソムリエスクールに入学して卒業した。週三日午後一時から五時までの授業は、編集の仕事をしながら通うのはかなりしんどいことだったので、そのことを社長に相談した。話のわかる社長はわたしの情熱を理解して、十二時からはじまる編集部次長会議を社長だけに目で挨拶して、トイレでもいくような振りをして退席していいと寛大に認めてくれた。

わたしは死にもの狂いで勉強して優秀な成績で卒業した。そのときわたしは、ときの社長の寛容さに恩返しができないものか日夜考えた。そしてさいわいなことにアイデアが閃いたのだ。

「そうだ、ソムリエを題材にした初の漫画の原作をやろう。祖父には猫可愛がりされているが、父親には反目していて高卒の金持ちのイケメンのボンボンを主人公にする」ことを考案した。

親しい漫画編集部の後輩に相談した。

「それはイケルかも」ということで、ちょうど「オールマン」という青年漫画誌が創刊されるときにその企画を提案した。漫画家もじっさいの原作者も担当編集者も当時はワインのワの字も皆目知らなかった。わたしはソムリエスクールで習ったばっかりのピカピカの知識を伝授した。彼らも遅ればせながらワインを一生懸命勉強した。

連載が開始されてすぐ『ソムリエ』はオールマンの看板人気漫画となった。そしてのちにテレビ化されて実写ものとしても人気を博した。これはわたしのささやかな鶴の恩返しになった。

夫にとっての幸せは、食欲も性欲も外ですませることである。

この名言はわたしが親炙《しんしゃ》してやまない柴田錬三郎先生から教わったものだ。二十五歳の結婚したばかりのシマジ青年にはなかなかわからなかったが、三十歳になったころこの深い意味が理解できた。女房は子育てで手いっぱいである。わたしは「週刊プレイボーイ」の編集者を天職だと思い無我夢中で働いていた。そんなときわたしは女房に嘆願したものだ。「おまえ、先祖の仏壇がある部屋でおれとおまえがHするなんて申し訳ないと思わないか。第一おまえはかけがえのない大切な肉親だ。いってみれば近親相姦になる。それからおれの食事は作らなくてもいい。おれは人に会って食事をするのが仕事みたいなものだから。二人はこれからもっと崇高な人間関係になろう」

生まれつき淡泊なほうで食事を作るのが苦手な女房は喜んで賛同してくれた。それから四十年わたしたちは交わっていない。しかし離婚を考えるような深刻な問題が起こったこともない。じつはそのとき女房にきつくいわれた。

「絶対トラブルをうちに持ち込まないこと。一緒の洗面所を使っているので絶対性病を持ち込まないこと。外泊してもいいから、五日たったら生きていることを絶対知らせること」

結婚して四十五年経ったが、わたしは夫婦のこの〝夫婦マグナカルタ〟をきちんと守っている。

告白すると、女房とわたしは同い年で、小学校、中学校も同じ学校に通った仲だ。そのころはまったく同じクラスにならなかったので話もしたことがなかった。女房に兄がいて東京にきてから、その男と親しくなった。早稲田の英文科でヘミングウェイが卒論だった。卒業して岩手に帰り高校の英語の教師になった。だが、二十九歳で夭折した。じっさいのわたしたちの月下氷人はその兄貴なのである。

編集長は、寿司屋のマグロと同じでそのときの時価である。

たしかに雑誌は編集長のものである。編集長はレストランのシェフのようなもので編集長が替わると、その雑誌の持ち味がガラっと変わってくるものだ。いってみれば雑誌の編集長は一種の新興宗教の教祖でもある。

だが、雑誌は編集長一人では決して作れない。有能な何人かの部下が必要になってくる。

だから出版社は才能でもっているといわれる。

才能がない編集者が何人いても売れる雑誌は作れない。セレンディピティに富んだ編集者なんてそうはいない。だから人事が肝心である。売れてる雑誌はバランスよく才能ある編集者を配置しているのだろう。売れている雑誌は編集長をリーダーとしたチームワークがいいのだろう。よくカリスマ編集長が天狗になって、一人チームから飛び出して新しい雑誌を外で立ちあげて失敗することがある。編集長一人の力なんてそんなものなのだ。売れている要因はそのときの時代や運やチームワークのよさにある。

　ご多分に漏れず、わたしも「週刊プレイボーイ」を毎週百万部売っていたときいろんな誘惑があった。なんでも一人でできるとわたしも錯覚した。ときの集英社社長に辞表を出した。

「ところでシマジ、軍資金はいくら用意したんだ？」

「十億円のあてがあります」

「たった十億円か！　やめておきなさい。十億円なんておまえのことだから、一年もしないうちに使っちゃいますよ。百億円がシマジの口座にはいったというなら、頑張ってこいといってやるところだが。わたしはシマジが野垂《のた》れ死にする姿をみたくない」

　当然わたしは正気に返った。危なかった。

男と女は誤解して愛し合い、理解して別れる。

まったく別の場所で生を受け、まったく別の日に生まれた女と男が、偶然出会い、恋に落ちて愛し合い、わりない仲になり、同棲したり、結婚したり、愛人関係になったりする。真実、愛することは、男と女の美しい誤解からはじまる。だから、二人の関係が四、五年続くと、その大いなる誤解に気がつき、恋人や愛人はなにかふっきれるように別れたり、結婚しているカップルは離婚を急いだりする。わたしも何度も誤解して理解した。動物生理学的考察よると、男と女は見そめ合い、ときに相思相愛の仲になっても、必ず熱病は治まりおたがいに興味が薄れていくものらしい。それが不幸にして同時ではなく、男のほうがいち早く熱が冷めだす。その愛のタイムラグが男女関係の問題を起こすのである。

これは人間が動物であるという証拠なのであるが、そもそも一夫一婦制に疑問が湧いてくるような話である。

だから、男と女ははじめからあなたとは合わなかったのだと理解して別れる。もしかすると男と女はまったく別の動物なのかもしれない。だから恋という病気がだんだん治っていき、正気に戻ると真実が見えてくるのかもしれない。それでも人間は、傷つくことを承知で人を愛してしまい結婚する。人は虚無《きょむ》より傷心をあえて好む生き物らしい。

わたしはあえて一度愛し合った男と女になかなか難しいことだが、〝愛情崩れの友情〟を提言したい。その世界には男と女のあのどろどろした嫉妬はなく、同性同士の清々しい友情で、ただ食べたり飲んだりしながら、愉しいときをセックスなしで過ごすのもまたオツなものである。一度愛し合った男と女が他人同士以上に憎しみ合ったりいがみ合ったりするのは狭量で滑稽《こっけい》なことだ。

青春時代の大風呂敷は大きいほど美しい。

天才的学者、小室直樹と民主党の長老、渡部恒三の友情は、純にして美しい。

小室は東京で生まれたが、五歳のとき「同盟通信」の記者だった父親を亡くし、母親のふるさと、会津若松に疎開した。まもなく母も死に、叔母に育てられた。極貧の生活だったが、小室の成績は群を抜いていた。会津高校で小室と渡部は巡り会った。昼時間になると小室はすっと姿を消してグラウンドの隅で読書をしていた。

そのことを知った恒三は、下宿のおかみさんに願い出た。

「明日から同じ弁当を二つ作ってください」

小室はそれから弁当にありつけた。恒三の家は女中が十人もいる素封家《そほうか》だった。

夏休みなどよく小室は恒三に誘われて長期にわたり大きな家に滞在した。小室は早稲田大学を受験する恒三に英語を教えた。

ある日、大勢の使用人がいるなかで小室が恒三の母親にいった。

「どうして恒三はこんなに頭が悪いんでしょうか」

そんなことで二人の友情は壊《こわ》れなかった。恒三は見事に早稲田に受かり、小室は念願の京都大学理学部に受かった。小室はよっぽどうれしかったのだろう。帰りの汽車賃まで飲んでしまった。極貧に育った小室は汽車賃を恒三の父親の知り合いの弁護士からだしてもらっていた。あろうことか小室は京都から徒歩で会津まで帰ってきた。

小室は生涯貧乏だったが誇り高い男だった。青春の二人は飯森山《いいもりやま》の頂上で誓いあった。小室が恒三にいった。

「恒三、おまえは将来政治家になってプライム・ミニスターになれ。おれは物理学でノーベル賞を取る」

青春の大風呂敷は大きいほど美しい。

相手の目のなかに熱い気持ちを眼光に乗せて放り込め。

目は口ほどにモノをいう。わたしはインタビューをしているとき、また打ち合わせをしてるとき、相手の目をじっと凝視しながら話をしている。するとわたしの鋭い眼光に負けて、すっと視線をはずす人がいる。こうなるとこちらは気が乗らなくなるものだ。目力は重要なのである。

概してそういう人とは相性がよくない。そういう人とは友だちにはなれない。やっぱりこちらが凝視するその眼光を受け取り、それ以上のインパクトで返してくる人は、わたしにとって優れて素敵な人だ。

人生に自信のない輩《やから》は目線をそらそうとする。そんな人は信用できないとわたしはいつも判断している。就職試験の面接のとき、試験官の目線をはずすようでは不合格になるだろうし、お見合いのときちゃんと目をみないようでは話にならない。むかしの女は男の目をみられないほどうぶだったらしいが、いまそんな女はこの世に一人もいない。

目は口ほどにものをいうように、好きな相手に愛する気持ちを眼光に乗せて相手の眼のなかに放り込めなければ、愉しい恋は成立しない。むしろ目力は言葉以上の魔力がある。

寸鉄《すんてつ》人を刺すという言葉があるが、あれはむしろ言葉より目力のことをいっているのではないだろうか。

はじめてインタビューする人を一瞬にして信用させるのは目力である。あなたのことが大好きですという目線を送れば、そうかといって暖かい目線が返ってくる。そのときこそいいインタビューが取れる。会った瞬間にあこの人とは合わないなと判断するのも相手の目力のレスポンスだ。男と女の好奇心あふれる目線が熱くからまり合った瞬間、そこに燃えるような恋情が誕生するのである。

プレイボーイの秘訣は恋の二番手になることである。

プレイボーイとして何人もの女を愛して同時に付き合うには、恋の一番手になってしまうと大変である。すでに女に一番手の恋人がいるほうがうまく遊べる。だから嫉妬深い男はプレイボーイになる資格がない。

これもシバレン先生に聞いたことだが、芸者遊びもそうらしい。旦那になるとお金がかかってしょうがない。そのためには旦那のいるいい芸者の客色《きやくいろ》になるのがいいそうだ。

元気な男のオスは、まちがいなく多穴主義の動物である。花のオシベだって元気なやつはいったんくっついたメシベから離れてまたべつのメシベにくっつこうと、風に乗って再び旅にでる。

前にも述べたように、健康な男の下半身には人格がない。また女の匂いがプンプンする男は女にモテるのだ。だからプレイボーイにとって遊ぶ相手は秘密を守れる賢くて美しい人妻が最高である。

若いころ同時に七人の女と付き合っていたことがあった。いま思うと編集稼業をやりながら週三回交わるのは大変だったが、若きロマンティックな愚か者は朝飯前だったのだろう。一度、七人の女たちが全員同時に生理になった。わたしはほっとしてその一週間は休養を取った。その女たちをわたしは一生懸命愛していた。彼女たちはわたしをちょっぴり愛してくれた。そしてわたしにいろんなことを教えてくれ男として磨いてくれた。

男と男には仕事上損得勘定がつきまとうが、女と男には損得がない。ただ好きだという恋情ははかないものだが、それもまた人生である。男と女の出会いというものはお金では買えない貴重なものなのである。

恋の一番手になったら結婚を迫られたり、大切な自由を奪われてしまうが、二番手でいれば、女はそれほど期待しないものである。

人間関係はまさにブーメランのようなものだ。愛情を注ぐと倍になって返ってくるが、憎悪もまた倍になって返ってくる。

人間の付き合いはときに愉しいがときに面倒なことがある。戦国時代の織田信長は秀吉を可愛がり明智光秀を邪険に扱った。結果、信長は本能寺で光秀に殺された。

ときに新入社員が編集部に入ってくる。その才能をみる瞬間は興奮する。編集という稼業は才能で持っている。新人に才能があれば、その才能を愛情込めて伸ばしてやると驚くほど成長する。そしてわたしが編集長になったとき、沢山の若い力が一丸となって支えてくれた。

一方、才能がない新人は冷酷にいろんな編集部を異動させられる。転がる石、ローリング・ストーン状態になって新しい編集部に移っても、才能は開くことなくまた次の編集部に移される。そこでも眠っている才能は眠ったままなので、また異動になる。ローリング・ストーンとなって各編集部をたらい回しさせられる。明智光秀ではないが、異動を命じた上司を根に持って恨む。恨むからまた異動させられる。そういうタイプは大きい出版社ではたいがい集団で動く営業関係に落ち着く。そこから奇跡的に出世する人もいる。こういう人ははじめから営業の世界にはいるべきだったのだ。

編集の世界はそう生やさしいものではなく、すぐれて才能でもっている。才能は冷酷に判断され裁かれるものである。

聖書の言葉に「木はその実によって知らる」とある。これはその人間の真実の姿は、その人間関係をみればわかるということである。側近をみればそのリーダーの器量がわかるのだ。

しょせんお山の大将はブーメラン的愛情をあたりに注いでいない。だから大した参謀も作れない。ナポレオンをみよ。右手にタレーラン、左手にフーシェなのである。

ソープの支配人が新人女を試すように、わたしはシングルモルトを買うと必ず一杯飲む。

羨《うらや》ましい話だが、ソープランドの支配人は必ず新しくはいってきた女を試食するらしい。

理由のひとつはどれくらい売れっ子になるか判断するためらしい。もうひとつの理由はいまからおれたちは他人ではなく身内になって仲良く働こうという連帯意識をもたせるためらしい。

わたしはシングルモルトを買ったとき、珍しい年代もののボトルでも必ず封を切って二、三杯試飲してみる。だから抜栓していないシングルモルトは〈サロン・ド・シマジ〉には一本もない。

〈サロン・ド・シマジ〉には沢山のお客が集《つど》う。塩野七生さんをはじめ福原義春さん、中谷巌さんがやってくる。それからこの本を担当した二見書房のヨネダ、東スポのフルカワ、「リベラルタイム」のイタモト、日経ＢＰのミツハシ、小学館の「メンズプレシャス」のハシモト、講談社のハラダとセオ、新潮社の「新潮45」のスズキと「週刊新潮」のナカシマ、そして「ｐｅｎ」のトシキが常連だ。そんな顧客のためにわたしは原稿料のほとんどをつぎ込んでレアでオールドのソートアフターのシングルモルトを購入している。

どうもわたしにはコレクターの資格はない。

この間もグレンモランジーのトリフ・オークで熟成させた珍しいリミテッド・１９９３・エディションも買ってすぐ飲んでみた。まったりしたフルボディが舌の上で乱舞する。まさに珠玉の味だ。もうみんなで半分以上飲んでしまった。一九八二年蒸留して二〇〇九年にボトリングしたポート・エレン26年もボトルの底にあと二センチへばりついているだけである。

このバーには常時百五十本以上保管されているが、すべて口が開いている。〈サロン・ド・シマジ〉にはつまみがない。十一階からの夜の東京タワーの美しさが唯一のつまみなのだが、いま節電中で灯りが消えている。

若者は昇る太陽に向かって走っているが、老人は燦《さん》たる夕日に向かって歩いている。

若さというものはそれだけでも凄い。金がなくても青春時代は愉しいものだ。義理もなく、しがらみもなく自由である。わたしの青春時代は、アパートに電話もなくモルタルの木造で四畳半であった。トイレは共同で風呂はもちろんなかった。

そんなある夜、近所の高円寺で飲んで帰ると、一階の窓が割られているではないか。こんな貧乏なところにドロボウがはいるとは、と机の上をみたら、置き手紙があった。高校時代からの親友阿部勝からだった。

「シマジ。申し訳ない。引き出しのなかの金を借りていく。新宿でチハルが人質にされている。飲み代が足りなくなった。阿部」

という走り書きがあった。よかった。わたしは今日オヤジから毎月の送金を受け取ったばかりであった。阿部はよくみつけたものだ。後日談によれば、一関から上京してきたチハルと阿部は、暴力バーに入ってしまい、ぼったくられ、払う金がなかったので、わたしのアパートを襲ったという。チハルは幸運なヤツだ。二、三日して阿部にも送金があって全額すぐ返してくれた。

そういえば阿部はその後どうやって生活していたのだろう。親分肌の阿部はチハルと一緒にアパートで暮らしていた。先日高校時代の同級会の古希の祝いで、阿部とチハルとわたしの三人で一緒に飲んだ。じつはこの話はわたしも阿部もチハルにいわれるまで忘れていた。恩は救ったほうは忘れていても、救われたほうは一生忘れないものらしい。チハルは新宿の暴力バーの怖さを忘れられずにいまでも夢にみるそうだ。それからみんな頑張った。わたしは編集稼業から売文の徒に変身した。阿部はいまだ現役で不動産会社の社長をやっている。チハルは引退して大勢の孫に囲まれている。三人の激しかった青春時代はとっくにおわり、あとは静かに燦たる夕日に向かってとまれといわれるまで歩いているだけである。

仮性包茎は手術しないほうがいい。

真性包茎と仮性包茎はベツモノである。真性はいくらむこうとしても、亀頭がでてこない状態をいう。有名な真性包茎男は、マリー・アントワネットの夫のルイ十六世である。これはいまでは国民健康保険がきく。だが仮性包茎は健康保険がきかず手術代が高い。

むかし田中小実昌さんという小説家兼翻訳者がいた。後に直木賞を受賞した。彼と親しかったわたしはよく一緒に飲んだ。

なにを思ったのか、小実昌先生は四十代後半に包茎手術を受けた。それからしばらくして彼の嘆き節を聞かされた。

「手術のあと女とやってもなんら感覚が変わりませんが、オナニーするとき、ちょうど首の皮が引っ張られるようで、あまり気持ちよくなくなってしまった。いままでのほうがはるかに女より快感があったんですが、もうダメです。つまらんことをしてしまいました」

いわゆる遊び皮を失ってしまったのだ。

男は女を知ってもオナニーするやつがいっぱいいる。女房と同衾していて、相手が寝静まってから、やる猛者《もさ》もいる。わたしの編集担当者にAVのコレクターがいる。彼にいわせると、女房が二階に上がり寝てから、AVをみながらオナニーをコクそうだ。彼は女房がいないと燃えるものが感じられず、まったくしたくないという。

一方、ある男は女房が実家に帰っていないときは、無性に興奮して一人で早く帰宅してオナニーをするそうだ。かれは変わっていて、子供のときから電気掃除機の筒の部分にチンチンを差し込んでやっているそうで、いまでも電器店で電気掃除機をみるとヘンな気になるらしい。振動がたまらないらしい。とくに東芝の製品のリズムが自分には相性がいいそうだ。人それぞれの愉しい秘密を持っているから、人生は面白いのである。

人間の不幸のひとつは、子供は両親を そして社員は 社長を選べないことである。

人間はすでに生まれた瞬間から、差別がはじまっている。わたしはまあまあそこそこの普通の両親のもとに生まれた。が、もっと極貧の家庭に生まれていたら、どうなっていたのだろう。また反対に大富豪の家に生まれていたら、はたしてどんな人生を生きていたことだろう。絶対いまの自分ではなかったような気がする。

極貧の両親の間に生まれていたら、まちがいなく中学校で学業を終え、食堂の皿洗いに入り、成人したらバーに雇ってもらいバーマンを目指していただろう。もしかすると結構腕のいい、しかも話が面白いバーマンになっていたかもしれない。そしてもし大富豪の息子に生まれていたらどうだろう。親がオックスフォード大学に高額な寄付をして、その財力で滑り込んで〝なりきり男爵〟ぶって世界史など勉強するふりをして、嫌みたっぷりの英国かぶれの男になっていたかもしれない。幸か不幸か両親を選ぶことは、子供のほうからは絶対に不可能なのが現実である。

一方、部下にとっての上司はどうだろうか。

自分の才能を理解して思う存分働かせてくれる上司の下につくことは、相当強運な人でないとそんなチャンスはなかなかやってこない。たいがい凡庸にして意地悪で嫉妬深く自分とは相性が悪い上司が上に異動してきたりする。また反対にそんな上司の下に異動させられたりするのがサラリーマンの世界では日常である。

親は仕方ないにしても、意地悪な器量の小さい社長は最悪である。そういうときは雨雲が通り過ぎるのを待つように、踊り場でしばらくじっとしているしかない。必ず雨雲が立ち去るように、凡庸な上司はいなくなったり、また自分がその部署からいなくなったりするものだ。絶対ヤケを起こして辞表など書かないことだ。毒蛇は決して急がない。

人生でいちばん愉しくて飽きないものは勉強である。

こんな簡単な真理に気がつくのにわたしは生まれて三十年もかかった。もし子供のころこのことを理解していたら、もう少し一廉《ひとかど》の人物になれたろうといま深く反省している。ただ面白い本ばかり読んでいたら、気がついたら編集者になっていたわたしである。

後年、わたしは進んでノンフィクションを読み漁《あさ》った。三十代のころ、わたしはアメリカの優れた新聞記者あがりの歴史作家、ウィリアム・マンチェスターの『栄光と夢』と邂逅《かいこう》した。この浩瀚《こうかん》な五巻本は一九三二年から一九七二年までのアメリカの歴史を歴史上の人物を生き生きと活写しながら、物語ってくれている。たとえばJ・F・ケネディ大統領はうだつの上がらない地方紙の新聞記者をしていて、こんなことをしてるよりオヤジの莫大な金を使って上院議員の選挙でもでようかとサンフランシスコからニューヨーク行の飛行機のなかで考えていた。それから見事大統領までなった。キューバ危機のあと、国交断絶する書類にサインをする前に、ワシントン中の葉巻屋から大好きなキューバ産のアップマンを買い占めた。

一方、のちにヒッピーの詩人になったアレン・ギンズバーグは、毎朝七時に起きてきれいにヒゲを剃りハーバード大学で経営学の教鞭を執ったり、大手企業の経営コンサルタントをしていた。それがある日突然ヒゲを茫々《ぼうぼう》にはやして詩人になった。勉強のなかでわたしは歴史が面白い。なぜなら人間は愚かな生き物だからである。そして人間のやることなすことが不条理だからである。

もしヒットラーがウィーンの美術学校に入学していたら、ナチスは台頭していないし、チャーチルは英雄になっていなかったのである。

お気づきの鋭敏な読者もいるかもしれないが、
この言葉は本書であえて二回登場するくらい
人生でいちばん重要なことなのである。

学校の勉強ができるというのは、カラオケで歌がうまいのと一緒である。

学校のほかに、塾にまでいかせて東大に入れる親が急増しているが、あれは東大にやっと入って脳みそがくたびれて、その後大した仕事ができない人になる。勉強は学校で先生に習ったとき頭にすっとはいり、予習や復習なんてしなくても軽いアクビしながら百点満点を取るようでないと学問の世界では凡庸である。わたしも小学校、中学校まではそうだったが、高校にはいり、この技が通用しなくなったころから勉強はやめてしまった。

わたしの主治医の大坪謙吾医博は東大医学部卒業である。ドクターの話によれば、「自分は死ぬほど勉強してやっと東大の医学部に潜り込んで、卒業するのにまた死にものぐるいの勉強をしたが、なかには勉強の天才がいて教室で教授の講義を聞いただけで、なんにもせずにいちばんを取ってしまう。あれは一種の勉強ができる才能なんだろうね。それはちょうどカラオケがヘタな本職の歌手より巧いのがいるみたいなものでしょう。努力しても限界がありますが、ノビシロがたっぷりあって努力しないでやすやすとできないと、それより成長しないものです」

困ったことにわたしはカラオケも歌えない。

わたしの子供のころを振り返ってみると、小学校はなんの勉強をしなくてもついていけたが、中学校にはいるころから読書に耽るようになりだんだん勉強についていけなくなった。なんとか高等学校にはいったころはもう悲惨な状態だった。大学にはいったときは悲惨を越して絶望のなかにいた。

よくこんなエッセイなんて書いていられるものだ。わたしにとって唯一カラオケみたいにうまく歌えるのは、ちょっと文章を書くことだけらしい。

生きている者は、全員、遅かれ早かれ、死出の山へ向かう大行進の一員でしかない。

どんな人でもいずれ必ず死ぬのである。人生においてこれ以上の確かなことはない。現在百歳過ぎて元気な老人が日本全国で二万人以上いるらしい。それだって死への行進からちょっと寄り道して遅れているだけなのだ。どんなにもがいても人間は百二十歳くらいまでしか生きられない。

わたしの義母は現在九十七歳で肉体はいたって元気なのだが、認知症になっている。実の娘であるカミサンが毎週施設に見舞いにいっているが、義母はすでにカミサンを娘とはわからず、名前もいえない状態だ。ところが月一回、わたしがいくと「まあ、カツヒコさん！」と叫んで嬉しがる。これにカミサンが発狂する。「おばあちゃん、あなたは実の娘の名前を忘れてどうしてこの人の名前がいえるんですか！」

わたしは義母を暖かく抱擁していう。

「おばあちゃん、大好きですよ」

多分わたしの存在は若いときからハデで強烈なのであろう。突然、老婆の脳のなかのシナプスに稲妻が走り接続するのだろうか。

この九十七歳の義母はついこの間まで、NHKの短歌の番組に応募してよく入選していた。自分の歌が詠《よ》まれることを愉しんでいた。達筆な字で自分の作った好きな歌を短冊に毛筆で書き、それを集めて表装して飾っていた。

人間は生きざまも大切だが、死にざまも重要だ。わたしの年齢になると、少し上の親しい先輩たちが次から次へと幽明界《ゆうめいさかい》を異《こと》にする。最近わたしも死出の山への行列がどんどん前のほうに進んでいるような気がしてならない。わたしもどこかに寄り道をして行進から抜け出さねばならないと考えている。歳を取るとお金を使う神経よりも時間を使うほうに敏感になってくる。

人生はうしろには戻れない。

おわりに言葉ありき。

本書は、わたしの七十年の生涯の体験から生まれた人生の知恵というべき言葉の集積である。長い長い人生において、失敗したり、成功したり、悩んだり、愉しんだり数々あったが、格言好きなわたしはいつも自分の言葉で格言にして、反省したり、感動したりしてきた。

言葉には魔力が潜んでいる。このように格言にしておくと、二度は同じ失敗は繰り返さないものである。

わたしの三人の人生の師の一人柴田錬三郎先生からは「女とうまく遊びたければ、恋の二番手になれ」と、今東光大僧正には人生においていちばん大切なこと「失望するなかれ」と、文豪開高健には「男のいちばんの愉しみは、危険と遊びである」と教わった。

すべての生き物のなかで、言葉は人間だけが持つすぐれた武器なのである。人は毎日言葉に感動したり落胆《らくたん》したりして生きている。その言霊《ことだま》を昇華して人間は詩を作り小説を書きエッセイを綴る。

わたしは世界中の言葉のなかで、日本語はすぐれてよくできていると確信している。日本語は話し言葉と書き言葉が歴然とちがうところが魅力の一つである。いまそれがみだれ滅びつつある。元来の日本の言葉は美しい。先人たちは中国語から多くを学びとりいれた。明治になって西洋の言葉を沢山採用した。日本人は誇るべき民族である。語彙《ごい》の豊富さをもっと自慢すべきである。

戦後の日本の国語教育は完全に失敗した。戦後の漢籍の廃止は日本人の国語感覚を稚拙《ちせつ》にしてしまった。それでもまだ日本の言葉は十分に美しい。わたしは日本人に生まれ日本語をあやつれることに愉しさと誇りを感じている。

島地勝彦（シマジ・カツヒコ）

1941年生まれ。青山学院大学卒業後、集英社に入社。
「週刊プレイボーイ」の編集長として同誌を100万部雑誌に育て上げる。
その後、「PLAYBOY」編集長、「Bart」創刊編集長などを務める。
2008年11月集英社インターナショナル社長を退き現在はコラムニスト。
著書として『甘い生活　男はいくつになってもロマンティックで愚か者』（講談社）、
『えこひいきされる技術』（講談社＋α新書）、
『乗り移り人生相談』（講談社）、『愛すべきあつかましさ』（小学館101新書）、
『人生は冗談の連続である。』（講談社）がある。

はじめに言葉ありき おわりに言葉ありき

著者　島地勝彦《しまじかつひこ》

発行所　株式会社二見書房
東京都千代田区三崎町 2-18-11
電話　03-3515-2311（営業）
03-3515-2313（編集）
振替　00170-4-2639

印刷　株式会社堀内印刷所

製本　ナショナル製本協同組合

乱丁・落丁本はお取り替えいたします。
定価はカバーに表示してあります。

ISBN978-4-576-11087-5
http://www.futami.co.jp